· 插图珍藏版 ·

月亮与六便士

[英] 毛姆 著

[美] 弗里德里克·多尔·斯蒂里 绘

楼武挺 译

江苏凤凰文艺出版社

JIANGSU PHOENIX LITERATURE AND
ART PUBLISHING

　　我承认，第一次见到查尔斯·斯特里克兰时，我根本不觉得他有任何与众不同之处。可如今，几乎无人能否认他的伟大。我说的伟大，与官运亨通的政客或战功赫赫的军人的伟大不同。这种伟大与其说源于自身，不如说源于其所处的地位。一旦境况改变，这种伟大便会渐渐变得毫不起眼。人们常常发现：卸任的首相，不过是夸夸其谈的演说家；离开军队的将军，不过是市镇上乖顺听话的英雄。查尔斯·斯特里克兰的伟大，才是真真正正的伟大。你或许不喜欢他的艺术，但无论如何，也不可能一点儿兴趣都没有。他能搅动你的心绪，吸引你的注意。他被人嘲弄的时代已经过去。如今，为他辩护也好，赞美他也罢，都不会再被贴上古怪的标签，或被视为执拗反常之举。人们接受了他的缺点，还认为那是其优点不可或缺的补充。他在艺术史上的地位仍有讨论余地。虽然崇拜者的过度称赞和贬低者的诋毁都可能任性多变，但有一点毋庸置疑：他的确具备天赋。我觉得，艺术家的个性是艺术中最有趣的东西。一件作品，只要能体现出艺术家的独特个性，纵使它有上千个缺点，我也能原谅。在我看来，作为画家，委拉斯凯兹[1] 比埃尔·格列柯[2] 更优秀。只是委拉斯凯兹画作的传统之气，降低了人们对他的倾慕。而那位克里特岛画家充满肉欲和悲剧的作品，却仿佛将自己灵魂的秘密当作活祭品，奉献出来。艺术家——无论画家、诗人，还是音乐家，都是通过或崇高、或美丽的作品，满足世人的审美。虽然这种行为类似本能的性欲，都有野蛮残暴的一面，但艺术家呈现出作品的同时，也将自身的伟大天赋展露人前。探索这类艺术家的秘密，能领略到某种阅读侦探小说的魅力。这是一个类似宇宙奥义，且无法找到答案的谜。斯特里克兰最不起眼的作品，也体现出他奇特、痛苦而复杂的个性。甚至那些并不喜欢他画作的人，却无法对其漠然视之，肯定也是出于这个原因。同样因为这点，人们才对他的生活和性格如此好奇。

直到斯特里克兰去世四年后，莫里斯·于雷才在《法兰西信使》发表文章，既让这位无人知晓的画家免于湮没，也为后来或多或少有意效仿的作家们开辟了一条道路。很长一段时间内，于雷在法国评论界都享有无可争辩的权威。因此，他的评论自然让人印象深刻。那些观点虽然当时显得夸张，但后来都一一得到肯定。查尔斯·斯特里克兰如今的声望，也牢牢建立在他的观点之上。查尔斯的声名鹊起，着实为艺术史上最浪漫的事件之一。然而，我并不打算分析

---

① 译者注：Diego Rodríguez de Silva y Velázquez，1599—1660，十七世纪巴洛克时期西班牙画家。

② 译者注：El Greco，1541—1614。生于希腊的克里特岛。

查尔斯·斯特里克兰的作品，除非是与之性格相关的作品。不过，某些画家的观点我并不敢苟同。他们高傲地宣称：门外汉根本不懂绘画，要想表达对其作品的欣赏之情，默默递上支票簿便是最好的方式。认为艺术只是巧匠们才能完全理解的技艺，是一种荒唐的误解。艺术是情感的展现，而展现情感的语言人人都懂。但我也承认，一个对绘画技巧缺乏实际知识的批评家，几乎无法做出真正有价值的艺术评论。而我对绘画的确极端无知。幸好我没必要在这方面冒任何风险，因为朋友爱德华·莱格特先生既是一位优秀的作家，也是位受人敬仰的画家。他已经在一本小书①里详尽无遗地讨论了查尔斯·斯特里克兰的作品。那本书文风优美，堪称典范，只是在英国多半不如在法国讨人喜欢。

莫里斯·于雷在他那篇著名的文章里，简明扼要地讲述了查尔斯·斯特里克兰的生平，精心设计的行文吊足了好奇读者们的胃口。怀着对艺术无私的热情，他是真想唤起智者们去关注一位最具原创性的天才。然而，于雷同样是位优秀的记者，明白有"人情味"的文章更容易达到目的。而过去那些跟斯特里克兰有过接触的人——在伦敦就认识他的作家，或在蒙马特尔咖啡店跟他碰过面的画家——都吃惊地发现当初眼中那个跟其他落魄艺术家没什么不同的失败画家，竟真是个失之交臂的天才。从那以后，法国和美国的

---

① 作者注：《一位当代画家：查尔斯·斯特里克兰作品评述》（*A Modern Artist: Notes on the Work of Charles Strickland*），爱尔兰皇家学院院士爱德华·莱格特著，马丁·塞克尔出版社，1917 年出版。

杂志上开始出现一系列文章，有些回忆往事，有些表达赞赏，让斯特里克兰更声名远扬。结果，这些文章并未让公众满意，反而激起他们更多好奇。与他有关的话题大受欢迎，勤奋的魏特布雷希特·罗特霍尔茨在他那部专著[①]中列出了一系列极具权威性的文章，给人留下了十分深刻的印象。

制造神话是人类的天性。对于那些卓越的人，只要在他们身上发现任何惊奇或神秘的经历，人们都会迫不及待地紧紧抓住，将其编纂成传奇故事，并深信不疑。这是人们对平淡生活的浪漫抗议。传说中的轶事成了英雄成就不朽的最可靠通行证。沃尔特·罗利爵士之所以被人铭记，并非因为他用英文命名了那些新发现的国家，而是因为他将披风铺在地上，让童贞女王走过。听到这样的传闻，擅于讽刺挖苦的哲学家，顶多回以一个微笑而已。查尔斯·斯特里克兰生前籍籍无名，敌人比朋友更多。因此，那些为他写文章的人只能用生动的想象弥补稀少的回忆，就不足为奇了。显然，尽管人们对他知之甚少，但那些零星事迹也足够浪漫主义文人发散铺陈。他的生活古怪而可怕，他的性格中有某种令人憎厌的东西，他的命运也不乏惹人怜悯之事。于是，经过一段适当的时机，这些详尽的事实中便催生出一个传奇。一个哪怕明智的历史学家也会犹疑不定，不敢予以抨击的传奇。

但罗伯特·斯特里克兰牧师偏偏不是位明智的历史学家。他公

[①] 作者注：《查尔斯·斯特里克兰的生平和作品》，哲学博士雨果·魏特布雷希特·罗特霍尔茨著，莱比锡施威格与汉尼施出版社，1914 年。

开宣称自己写下那部传记，就是为了"消除某些广为流传的误解"，因为世人对他父亲的后半生的这些误解，给"生者带来了很大痛苦"。外界传言中的斯特里克兰，显然有很多会让一个体面家庭感到难堪的描述。这本传记实在枯燥乏味，我却读得颇有兴味，真是值得庆幸。斯特里克兰先生描绘了一个完美的丈夫和优秀的父亲，一个性情温和、勤劳正派的君子。当代牧师真是在释经①这门学问中学到了令人惊叹的巧辩能力，在"解读"父亲那些或许并不适合一个恭顺儿子记住的生平中，罗伯特·斯特里克兰牧师表现出的演绎本领，待到时机成熟时，定能让他在教会中出任要职。我仿佛看见他那肌肉强健的小腿已经绑上属于主教的绑腿。虽然这么做或许很勇敢，却也十分危险，因为斯特里克兰的声名鹊起，多半来自世人普遍接受的传说。很多人被他的艺术吸引，要么是因为讨厌他的性格，要么是同情他的惨死。可儿子这番本出于好意的努力，却给父亲的崇拜者们当头泼了盆冷水。斯特里克兰先生这本传记出版后不久，世人仍议论纷纷之际，其父最重要的作品之一——《撒玛利亚的女人》②因前一位著名收藏家突然离世，重新在佳士得拍卖行拍卖。当时的成交价居然比九个月前下跌两百三十五英镑，这样的事绝非偶然。有制造神话的卓越能力之人，都会渴求非凡之事，压根没耐心理会这种让其大失所望的故事。若非如此，单凭查

---

① 译者注：对基督教《圣经》中词、句或内容的诠释。
② 作者注：根据佳士得拍卖目录的描述，这幅画画了一个裸体女人。女人是社会岛的原住民，躺在溪边的草地上。她身后是一片热带风光，有棕榈树和香蕉等。画作大小为 60 英寸 × 48 英寸。

尔斯·斯特里克兰的能力和独创性，或许并不足以扭转局面。还好不久之后，魏特布雷希特·罗特霍尔茨博士的著作面世，终于打消了所有艺术爱好者的疑虑。

魏特布雷希特·罗特霍尔茨博士那派历史学家不仅相信"人之初，性本恶"，还认为人性的罪恶程度远超预期。诚然，相比将富有浪漫色彩的伟人恶意刻画成家庭美德典范的作家，这些历史学家的作品无疑更能为读者带来乐趣。就我而言，如果仅用经济联盟来定义安东尼与克莱奥帕特拉^①之间的关系，我会觉得非常遗憾。感谢上帝，目前尚没有足够的证据能说服我相信提比略^②是与乔治五世一样完美无瑕的君主。魏特布雷希特·罗特霍尔茨博士点评罗伯特·斯特里克兰牧师那本天真传记时的遣词造句，很难不让人对那个倒霉蛋心生同情。他体面的缄默被视为虚伪，迂回的表述被斥作谎言，沉默则干脆被污蔑为背叛。身为作者，本书的确有些应受指摘的过失，但作为儿子，这些错误却情有可原。连盎格鲁撒克逊民族也受到牵连，被斥为过分拘谨、满口胡言、狂妄自大、狡猾欺诈，连烹饪手艺也乏善可陈的人。关于斯特里克兰先生父母之间的某些"不愉快"事件，坊间已有不少深入人心的传言。依我个人所见，斯特里克兰先生对那些传言的驳斥，实在过于轻率。他在书中引用了一封查尔斯·斯特里克兰从巴黎寄回的家信，称父亲曾在信中用"一个了不起的女人"形容母亲。然而，魏特布雷希特·罗

---

① 译者注：埃及艳后。
② 译者注：古罗马第二代皇帝。

特霍尔茨博士也设法复制了那封信，被引段落如下："该死的老婆，她真是一个了不起的女人。我希望她下地狱。"教会哪怕在势力如日中天时，也不会这般处理如此不受欢迎的证据。

作为查尔斯·斯特里克兰的狂热崇拜者，魏特布雷希特·罗特霍尔茨博士要想为他粉饰掩盖，完全不会有任何危险。他能目光精准地看穿披着天真外衣的卑鄙动机。他既是一名艺术研究者，也是一位精神病理学家，对人类的潜意识了若指掌。没有哪个神秘主义者比他更能透过普通事物，看到更深的内涵。神秘主义者能看到不可言喻的奥义，精神病理学家看到的则是说不出口的东西。看这位博学的作者如何迫切地挖出每个或许能让其英雄声名扫地的轶闻，真是件特别令人着迷的事。每次提出能证明主人公冷酷或卑劣的例子，他都会对其心生同情。而每每能用已被人遗忘的轶事来挫败罗伯特·斯特里克兰牧师的虔诚孝心时，他则会像判决仪式①上审判异教徒的审判官般狂喜。他的勤奋令人吃惊，再小的事都逃不过他的眼睛。查尔斯·斯特里克兰哪怕有笔未付款的洗衣费，也会被完整详细地记录下来。就算他欠别人一枚二先令六便士的硬币②，这笔债务的每个细节都不会有任何遗漏。

---

① 译者注：指中世纪天主教会异端裁判所的判决仪式。
② 译者注：英国旧制辅币，现已不流通。

2

关于查尔斯·斯特里克兰的文章已有很多，我似乎无须再写。一位画家的纪念碑，当然是他的作品。诚然，我与他的关系比大多数人更亲密。第一次见到他时，他还没成为画家。他在巴黎艰难度日那几年，我跟他的会面也不可谓不频繁。但我若没有因为战乱流落到塔希提岛 ①，多半不会写下这些回忆。众所周知，他在塔希提岛度过了人生中的最后几年。我在那儿遇到不少熟悉他的人。我发现，他悲剧人生中最不为人知的那几年，我似乎能阐述一二。如果相信斯特里克兰伟大的观点是正确的，那亲身接触过他的人对他做出的追述，就很难说是多余的了。如果有人跟埃尔·格雷科的交情，比得上我与斯特里克兰的那般深厚，那为了读到那人写的格雷科回忆录，又有什么代价是我们舍不得付出的？

不过，我并不想为自己找任何借口。我不记得谁曾经说过，每天做两件不喜欢的事，对灵魂有好处。说这话的人真是个智者，

---

① 译者注：位于南太平洋，法属波利尼西亚的经济活动中心。

而我也始终一丝不苟地践行着这条箴言。因为每天早上我都会起床，每天夜里也会上床睡觉。但我还有点儿苦行主义的天性，每周都会让肉体经受一次更严厉的苦行——读完每期《泰晤士报》的文学增刊。想到那么多书被写出来，作者怀着美好的希望看着它们出版，继而等待属于它们的命运，这种克制规律的训练还真是有益身心。然而，一本书如何才能脱颖而出？哪怕成功胜出，也不过风光一时而已。天知道作者经历了怎样的痛苦，品味了多少苦涩，忍受了怎样的头痛，才让偶然读到这本书的人能放松几小时，或打发一段乏味旅程。如果我能从书评做出评判，那很多书都是作者认真撰写的佳作。他们绞尽脑汁地写，有些书甚至是其穷尽一生的成果。我由此明白的教义是：作者应该寻求的报酬是写作过程中的快乐。他应该卸下思想上的重负，不用在乎别的任何事，无论赞美还是指摘，不管失败亦或成功，都淡然处之。

如今，战争的降临带来了新的态度。年轻人转向我们老一辈人并不了解的神灵。由此，我们已经可以看出这些后辈将来的走向。意识到力量和骚动的年轻一代不再敲门，而是直接闯进来，坐到我们的位子上。空气里充满他们喧嚣的叫嚷。有些长者模仿着年轻人的滑稽举动，努力说服自己他们的时代还没有结束。他们跟精力最充沛的年轻人一起呐喊，喊出的口号听起来却那般空洞。他们就像可怜的荡妇，想通过涂脂抹粉和花哨俗艳的穿着，找回青春的幻影。聪明一些的人，则会通过体面优雅的方式走自己的路。他们克制的微笑下掩藏着宠溺的嘲讽，想起自己当年也带着同样的轻蔑，这般大叫大嚷着，将餍足的前辈们踩在脚下。他们预见，要不了多久，这些勇敢的执炬者也会让位。谁都无法一锤定音。尼尼微①鼎盛一时之际，《新福音书》却已经过时。这些英勇豪迈的发言，说的人自己以为新颖，其实哪怕他们的说话腔调，或许都已重复过上百遍，如来回晃动的钟摆，周而复始地重复既定轨迹。

有时，一个走过盛名时代的人进入一个他完全陌生的时代后，好奇的人们便会看到人间喜剧里最奇特的景致之一。比如，谁还想得起乔治·克拉布？他曾是当世著名诗人，世人公认的伟大天才——在日益复杂的现代生活中，这般共识极为罕见。他师从亚历山大·蒲柏流派，用押韵的对句②写道德诗。法国大革命和拿破仑战争相继爆发后，诗人们开始唱诵新歌，克拉布先生却仍用押韵的对句写道德诗。我想：那些年轻人轰动一时的诗歌，他一定读过，还觉得相当拙劣。当然，大部分的确写得差。但济慈和华兹华斯的颂诗、柯尔律治的几首诗和雪莱的少数作品，的确算是发现了一大片前人未探索过的精神领域。克拉布先生已僵化过时，但克拉布先生仍继续用押韵的对句写道德诗。我曾随手翻阅过部分年轻一代的作品，他们当中或许有更热诚的济慈、或更难以捉摸的雪莱。这样的人或许已经发表了一定数量的作品，足以让世界记住他们的名字。这种事我无法定论。我欣赏他们优美娴熟的文字。年纪轻轻，却有如此造诣，这时候若还说前途可期之类的话，未免显得荒

———————

① 译者注：古代东方奴隶制国家亚述的首都，遗址在今伊拉克北部的摩苏尔附近。
② 译者注：指两行尾韵相谐的诗句。

唐。他们恰当得体的措辞让我惊叹，但纵然词汇丰富（从所用词汇来看，他们似乎在摇篮里就开始翻阅罗热①的《英语单词和短语汇编》），却似乎并未告诉我什么东西。在我看来，他们懂得太多，感触却太平淡。他们拍我后背的热诚劲或扑进我怀里的那份激动，着实让我承受不住。在我看来，他们的热情有些衰弱无力，他们的梦想琐碎而愚钝。我不喜欢他们。我已是被束之高阁的人，仍会用押韵的对句写道德诗。但我写作若还抱了自娱自乐之外的想法，那我就是个十足的傻瓜。

---

① 译者注：1779-1869，英国医师、语言学者，1815年起为皇家学会会员，以从医务工作退休后编纂的《英语单词和短语汇编》一书闻名。

不过，这些都是顺便一提的话。

我写第一本书时非常年轻，却幸运地引起了不少关注，让各种人都想结交我。

刚被引入伦敦文学界时，我忐忑不安，却也充满渴望。现在回想起来，多少还是有几分伤感。当年经常光顾之地，如今已很久未去。如果现在那些小说描写的伦敦特色是真的，那这座城市的确已经大变样。文人聚集地不同了。切尔西[①]和布卢姆斯伯里[②]已经取代汉普斯特德、诺丁山门、高街和肯辛顿。过去，四十岁以下出名就很了不起，但现在，超过二十五就显得荒唐可笑。我觉得，我们当年都有些羞于表露情感，会因害怕嘲弄而不敢表现得多么自命不凡。我当然不相信过去那些放荡不羁的高雅文人有多么忠贞节欲，但我的确记得，当时并没有如今这么多粗鄙的乱交行为。我们并不觉得，用体面的沉默来遮掩自己奇特异常的行为有多么虚伪。我们

---

① 译者注：英国伦敦市西南部一住宅区，位于泰晤士河北岸，为艺术家和作家的聚居地。
② 译者注：伦敦一区名，20 世纪初曾为文化艺术中心。

并不会口无遮拦、直言不讳。当时的女性也没有完全实现独立自主。

我住在维多利亚车站附近，记得每次去文人家作客，都需要坐很长时间的公车。因为生性腼腆，我每次都要在街上徘徊好半天，才能鼓起勇气按响门铃。接着，忐忑不安的我就被引进一间闭塞沉闷、满屋子都是人的房间。我被一一介绍给各位名人，而那些人则善意地夸奖我的书，让我很不自在。我知道，他们都等着我说几句机智巧妙的话，可直到聚会结束，我还是一句都没想出来。为了掩饰尴尬，我四处端茶倒水，把切得乱七八糟的黄油面包递给众人，只希望谁都别注意到我。如此一来，我就能自在地观察这些名人，聆听他们的妙语连珠。

我记得，当年有几位身材高大、腰背笔挺的女士。她们都有大鼻子和贪婪的眼睛，身上的衣服好似盔甲。也有几个小老鼠似的老处女，说话柔声细语，眼神敏锐狡猾。她们向来戴着手套吃黄油吐司，我至今想来都忍不住要啧啧称奇。以为没人看见时，她们就偷偷在椅子上擦手，我真是佩服不已。家具当然遭了殃。但我觉得，轮到主人去别人家作客时，肯定也会如此报复回来。有的人衣着时髦，还说不明白为什么写了本小说就要变得邋遢寒酸。既然有副好身材，就该尽情展现。小脚穿上漂亮鞋子，绝不会导致"大作"被编辑拒绝。但也有人觉得这样打扮很轻浮，所以只会穿"艺术气息浓厚的衣服"，戴具原始风情的珠宝。男人们则很少穿奇装异服，反而尽量打扮得不像个作家。他们想给人一种饱经世故之感，无论走到哪儿，都会被当成公司高管。这些人总是显得有点儿累。我之前从没接触过作家，发现他们非常奇怪，似乎始终都不太真实。

我记得，他们当年的谈话真是精彩绝伦。一旦哪个同行转身离开，立刻就会被其他人批得体无完肤，我常常听得瞠目结舌。和其他人相比，艺术家就是有这个优势。他不仅能嘲讽朋友的外貌和性格，还能嘲讽他们的作品。那般恰如其分、滔滔不绝的言谈，我真是望尘莫及。在那个年代，谈话仍被看作文雅的艺术，机敏的应答比"锅下烧荆棘的爆裂声①"更受赞赏。当时，警句隽语还未变成愚笨之人用来冒充机敏的工具。在彬彬有礼的人们闲聊时随意用上几句，就能让谈话活泼轻快不少。可惜，那些灵光一闪的话我都没记住。但我记得，只有话题转到我们从事行业的另一面，涉及销售相关的细节时，讨论才会变得无比舒适顺畅。大家讨论完一本新作的优点后，自然会好奇它到底卖掉了多少本、作家已经收到了多少预付金，以及他总共能赚到多少钱。然后，我们会谈起这个或那个出版商，比较谁慷慨谁吝啬。我们也会讨论到底将作品交给支付优厚版税的出版方更好，还是给会不遗余力"推销"的出版方更好。有些出版商不擅长推广，有些却深谙此道。有的出版商作风现代，有的则偏老派。接着，大家会聊代理人，以及这些人为我们争取到的条件。我们还会谈论编辑，谈他们喜欢什么类型的作品，能给出的千字稿酬是多少，付款速度是快还是慢。我觉得，这一切都非常浪漫，给了我一种跻身某种神秘兄弟会的亲切感。

---

① 译者注：出自《圣经·旧约·传道书》"愚昧人的笑声，好像锅下烧荆棘的爆裂声"。

4

当时，再没有谁比罗丝·沃特福德对我更好。她既有男性的智慧，又有女性的执拗，写出的小说既有独创性，又能让人心潮起伏。一天，我在她家见到了查尔斯·斯特里克兰的太太。当时，沃特福德小姐正在家举办茶会，小客厅里的客人比平时更多。每个人似乎都在说话，我却默默地坐着，好不尴尬。圈子似乎都在聊各自的事，我害羞得哪儿都不敢插嘴。沃特福德小姐真是位贴心的女主人，看到我的窘态后，立刻走了过来。

"你去跟斯特里克兰太太聊聊吧。"她说，"她对你的书赞不绝口。"

"她是做什么的？"我问。

我知道自己孤陋寡闻，斯特里克兰太太若是位著名作家，那在谈话前，我最好先确定这点。

罗丝·沃特福德故作庄重地垂下眼皮，好让自己的回答显得更有感染力。

"她办午宴。你只需要'轻吼'几声，自然会得到邀请。"[1]

罗丝·沃特福德是个喜欢冷嘲热讽的人，将生活看作写小说的机会，公众都是她的写作素材。如果有人欣赏她的才华，并慷慨地宴请过她，她偶尔也会请他们登门作客。虽然看不起这些人追逐名流的癖好，认为这是可笑之举，但她也乐于端庄得体地在人前扮演杰出女作家的角色。

我被领到斯特里克兰跟前，聊了十分钟。我发现她除了声音悦耳，其他并无特别之处。她在威斯敏斯特[2]有套公寓，能俯瞰还未完工的大教堂。因为住在同一片区，我们不由感觉更亲近了些。住在泰晤士河与圣詹姆斯公园间的人，都会觉得陆海军百货商店就是将他们连接起来的纽带。斯特里克兰问我要了住址。几天后，我收到一封午宴请柬。

我的约会不多，于是欣然接受了邀请。因为担心到得太早，我绕着大教堂走了三圈，结果反而迟到一小会儿，进屋后才发现客人们都已经到了。来客都是作家，沃特福德小姐、杰伊太太、理查德·特文宁和乔治·罗德都在。这是一个晴朗的早春天，大家都兴致高昂，聊了很多东西。沃特福德小姐年轻时喜欢穿灰绿色长裙，手持一朵水仙花赴宴。年长后的打扮则要率性一些，往往就是高跟鞋配巴黎式长裙。如今，她身上不仅有这两种风格厮杀的痕迹，还

---

① 译者注：英文中，"文学家""大文豪"被称为"literary lion"，所以若为文豪，"狮吼"（roar）一声表明身份，便会收到午宴邀请。

② 译者注：英国伦敦西部的贵族居住区，在泰晤士河北岸，区内有白金汉宫、议会大厦、首相官邸、政府各部和威斯敏斯特教堂等。

多了顶新帽子。帽子让她神采飞扬。我还从未听过她如此恶毒地议论我们共同的朋友。杰伊太太明白粗鄙的言辞是打趣话的精髓，所以总用近乎耳语的音量说些足以让雪白桌布泛起红晕的话。理查德·特文宁无比激动地发表着古怪荒谬的言论。而知道自己才华早已人尽皆知的乔治·罗德则不再显露分毫，只在吃东西时才张嘴。斯特里克兰太太虽然话不多，却有种令人愉快的本事，让大家都聊起来。每次冷场，她一两句适时的评论，就能让谈话再度继续。她已经三十七岁，高大丰满，却并不胖。她并不漂亮，但脸庞很讨人喜欢，或许主要是因为她那双友善的棕色眼睛。她的皮肤有些偏黄，一头黑发梳了个精巧别致的发型。三个女人中，只有她没化妆，但跟另两人比起来，反而显得朴素自然。

餐厅的布置遵循当下流行的风格，非常庄重朴素。高高的白木护壁板配上绿色的墙纸。惠斯勒的几幅蚀刻画裱进整洁的黑相框，挂在墙上。印着孔雀图案的绿窗帘笔直地垂挂着。绿地毯上，白兔在枝繁叶茂的林中嬉戏，那幅画面显然受了威廉·莫里斯的影响。壁炉台上放着蓝色代尔夫特精陶。当时，伦敦肯定有五百家餐厅都是这种装饰风格：朴素、唯美、单调。

离开时，我跟沃特福德小姐结伴而行。真是晴朗的一天，加上她的新帽子，我们决定散步穿过公园。

"真是场不错的聚会。"我说。

"你觉得饭菜好吗？我告诉过她，要想结交作家，就得让他们吃好。"

"值得称赞的建议。"我应道，"但她为何要结交作家？"

沃特福德小姐耸了耸肩。

"她觉得那些人有趣，自己也想紧跟潮流。我觉得她相当单纯。可怜的宝贝，她还以为我们都很棒呢。反正，她很乐意请我们参加午宴，这对我们也没什么坏处。我就是因为这点才喜欢她。"

当时，很多人巴结社会名流。为了追逐猎物，他们能从文艺高地汉普斯特德一路追到切恩街最底层的画室。现在回想起来，斯特里克兰太太算他们当中最无害的一个。她在乡下度过了非常平静的青年时期。从穆迪图书馆带回来的那些书，让她不仅感受到了书里的浪漫故事，也领略到了伦敦的浪漫气息。她真心热爱读书（这在她那类人中并不多见。那些人大多对作家、而非作品更感兴趣。相比画作，他们对画家的兴趣也更大。）她创造了一个想象的世界，每天生活在里面，享受着在现实世界中从未得到过的自由。

认识各位作家后，她仿佛有了种登上舞台的感觉。过去，她只能在舞台侧边的脚灯处遥望那片舞台。如今，她看戏似的瞧见了他们，真切地感觉自己的生活圈子扩大了。因为她不仅能款待这些人，也能走进他们遥远又僻静的家。虽然接受他们游戏人生的态度，她却压根没想过要按他们的方式控制自己的行为。那些人在道德上的怪癖就跟他们的奇装异服、疯狂的理论和自相矛盾的观点一样，虽令她觉得有趣，却丝毫不会影响她的信仰。

"斯特里克兰先生还在吗？"我问。

"噢，在呀。他在城里还挺有名，应该是个证券经纪人吧，相

当无趣。"

"他俩感情好吗？"

"相敬如宾吧。你要是去吃晚饭，就能碰到他。但斯特里克兰太太很少请人吃晚饭。斯特里克兰先生非常安静，对文学或艺术毫无兴趣。"

"好女人怎么尽嫁愚蠢的男人？"

"因为聪明的男人不会娶好女人。"

我不知该如何反驳，于是问斯特里克兰太太有没有孩子。

"嗯，她有一儿一女，都在上学。"

这个话题再也聊不下去。于是，我们聊起了别的。

那年夏天，我和斯特里克兰太太见面的次数不可谓不频繁。我时不时就去她的公寓吃午饭，或参加令人惊叹的茶会。我们都很喜欢彼此。我当时非常年轻，能领着初出茅庐的我踏上艰难的文学之路，或许是她喜欢我的原因。而我呢，遇到小麻烦时，能有个人耐心倾听，并给出合理的意见，总归是令人高兴的事。斯特里克兰太太天生具有同情心。这是一种迷人的本领，却常常被拥有者滥用。那些人一看到朋友遭遇什么不幸，就如食尸鬼般，迫不及待地扑上去施展这一才能。同情心如油井一样喷薄而出，有时便会令被同情者尴尬不已。胸膛上已经沾满泪水的人，我怎么忍心再把自己的眼泪洒上去。斯特里克兰太太能非常娴熟地施展这项才能，让你觉得接受她的同情，也是帮了她的忙。当时，我出于年轻人的一时冲动，便跟罗丝·沃特福德说了这事。她应道："牛奶很好喝，加点儿白兰地就更好喝。奶牛却巴不得奶赶紧流走。毕竟，肿胀的乳房十分难受。"

罗丝·沃特福德向来毒舌，别人都说不出如此刻薄的话。但与此同时，也没人能想出如此绝妙的比喻。

我喜欢斯特里克兰太太还有一个原因。她把家里布置得很雅致。公寓总是干净明亮，摆着令人愉悦的鲜花。客厅里的印度印花布窗帘虽然图案简洁，却明亮美丽。在富有艺术性的小餐厅吃饭也让人愉快。餐桌看起来不错，两个女仆苗条秀丽，饭菜也做得很好。显而易见，斯特里克兰太太真是位出色的主妇。而且，你肯定还会觉得，她也是位令人钦佩的母亲。客厅里有她儿子和女儿的照片。儿子名叫罗伯特，十六岁，在拉格比公学读书。在一张照片里，他穿一身法兰绒衣服，戴着板球帽。另外一张上，他则一身燕尾服，系着竖领。他遗传了母亲光洁的额头和美丽深邃的眼睛，看起来干净、健康又端正。

"我想，他不是很聪明。"一天，看我盯着那张照片，斯特里克兰太太说，"但我知道他很棒。他性格很好。"

女儿十四岁。跟母亲一样，她那头浓密的黑发披散在肩头，神态温和，目光平静庄重。

"他俩长得都像你。"我说。

"嗯，我也觉得他们更像我，不像爸爸。"

"你为何从不让我见他？"我问。

"你想见吗？"

她笑了，笑得很甜，脸上还微微泛起红晕。她这个年纪的女人还脸红，真是少见。或许，这份天真，就是她最大的魅力。

"要知道，他根本不属于文学圈。"她说，"他就是个庸人。"

她话里并无贬低之意，反而满怀深情，仿佛说出他最大的缺点，就能让他免遭朋友们的中伤。

"他在证券交易所上班，是个典型的证券经纪人，估计能让你觉得无聊透顶。"

"你觉得他无聊吗？"我问。

"你瞧，既然成了他妻子，我只会非常喜欢他呀。"

她连忙用微笑掩饰自己的羞涩。我想，她估计怕我打趣她。罗丝·沃特福德要是听到这种表白，肯定会嘲讽一番。她迟疑片刻，眼神变得更温柔了。

"他从不假装天才。虽然在证券交易所上班，赚的也不多，但他非常善良。"

"我想，我应该很喜欢他。"

"哪天我私下请你跟我们共进晚餐吧。但我提醒你，这可是你自己要冒险。如果那晚特别无聊，千万别怪我。"

但等我终于见到查尔斯·斯特里克兰，当时的情况也仅仅让我俩初识而已。一天早上，斯特里克兰太太派人送来一张便条，说她当天晚上要举办一场晚宴，但有位受邀的客人爽了约。她问我是否能顶上这个空缺。她写道："我非常认真地提醒你，你会无聊透顶。这样的宴会从一开始就异常沉闷。但如果你来，会非常感激。毕竟，你我还能聊聊。"

这种睦邻般的邀请，我只能接受。

斯特里克兰太太把我介绍给她丈夫时，那人只是相当冷漠地跟我握了握手。斯特里克兰太太快活地转向他，说了句俏皮话。

"我请他来，是想证明我真有丈夫。我想，他已经开始怀疑这点了。"

斯特里克兰礼貌地笑了笑，就是那种听到并不好笑的笑话时，会露出的笑容。不过，他并没有说话。又来了几位客人，主人只得撇下我，前去应酬。最后，所有人都到齐，就等着宣布开饭时，我一边跟主人要我"陪陪"的一位女士聊天，一边思忖：文明人将短暂的生命浪费在单调乏味的事情上，真是一种奇怪的才智。这类宴会总让你纳闷，女主人为何要费劲地邀请这些客人，而客人们又为何要不嫌麻烦地赴宴。一共有十个人。他们冷淡地会面，如释重负地分别。毫无疑问，这就是一场纯粹的社交活动。斯特里克兰夫妇"欠"很多人晚饭，虽然对他们毫无兴趣，但还是不得不回请。这些人接受了邀请。为什么？或许是为了避免夫妻单独用餐的乏味？还是为了让仆人们休息休息？可能他们只是没有理由拒绝，或者因为他们也"欠下了"一顿晚餐。

宾客中有一位王室法律顾问及其夫人、一位政府官员及其夫人、斯特里克兰太太的姐姐和姐夫，还有一位国会议员的妻子。正是这位议员有时不能离开议院，我才接到邀请。来客都地位不凡。几位女士都高贵到了不讲究衣着的地步，当然也肯定自己的地位已经高到不必取悦他人。男士们则显得庄重可靠。总之，人人都摆出一副志得意满的神态。

每个人都本能地想活跃晚宴的气氛，所以嗓门比平时大，让整个餐厅都闹哄哄的。不过，众人始终没有找到一个共同话题。每个人都在跟邻座聊天，喝汤、吃鱼和品尝小菜时跟右边的人聊天，吃烤食、甜点和开胃菜时，就跟左边的人聊天。他们谈论政治形势、高尔夫球、孩子和新上线的戏，也谈皇家艺术学院展出的画、天气和度假计划。谈话一刻不歇，声音越来越大。斯特里克兰太太或许已经可以庆祝自己的宴会大获成功。她丈夫也礼貌地扮演了自己的角色。或许他并不健谈，但我感觉晚宴接近尾声时，他身侧的两位

女士面露疲态，觉得他沉闷乏味。有一两次，斯特里克兰太太略显焦急的目光都落到了他身上。

最后，她起身送几位女士出了餐厅。斯特里克兰先生关上门，走到桌子另一头，坐在王室法律顾问和那位政府官员中间。他又把波尔图葡萄酒转了一圈，并给我们递上雪茄。王室法律顾问大赞酒很好，斯特里克兰便告诉我们这酒是从哪儿买来的。众人开始聊葡萄酒和烟草。王室法律顾问说起他正在办理的一件案子，上校则聊了会儿马球。我没什么可说的，便默默坐着，礼貌地摆出一副对谈话很感兴趣的样子。因为知道这些人压根不会注意到我，所以我肆无忌惮地打量起斯特里克兰来。他比我想象的高大。不知为何，我曾把他想象成一个身材修长、相貌平平的人。事实上，他魁梧结实、手大脚大，穿着晚礼服的样子有些笨拙，让人觉得他好似盛装赴宴的马车夫。他四十岁，并不英俊，但也不丑。因为相当端正的五官都比普通人大一些，所以显得有些粗笨。他的胡子刮得干干净净，一张大脸看着光秃秃的，让人觉得不太舒服。微红的头发剪得很短，眼睛很小，不是蓝色，就是灰色。总之，他整个人看起来都很普通，难怪斯特里克兰太太说起他时总有些尴尬。对一个想在文艺界取得一席之地的女人来说，他实在无法增添什么光彩。显然，他毫无社交天赋。当然，并非人人都要有此本领。他甚至没有能让自己区别于普通人的怪癖，只不过是个善良、乏味、诚实的普通人。就算有人欣赏他优秀的品性，也会对他敬而远之。他毫无特色，哪怕或许是一位值得尊敬的社会成员、一个好丈夫和好爸爸、一个诚实的证券经纪人，你也完全没必要在他身上浪费时间。

7

枯燥无味的社交季渐进尾声，我认识的每个人都在安排出行。斯特里克兰太太打算带全家去诺福克海岸。这样，孩子们可以在海边玩，丈夫则能打高尔夫球。我们互相道别，约好秋天再见。但我留在伦敦的最后一天，从陆海军百货商店出来时，又碰到了带着儿子和女儿的斯特里克兰太太。和我一样，她也在做离开伦敦前的最后一次采买。我俩又热又累，我便提议大家去公园吃冰淇淋。

我想，斯特里克兰太太多半很乐意让我见见她的孩子们，欣然接受了我的邀请。两个孩子甚至比照片里更讨人喜欢，她的确有理由以他们为傲。我当时足够年轻，所以孩子们并不害羞，一直快活地聊这聊那。两个孩子都非常可爱健康。我们待在树下，感觉相当惬意。

一小时后，他们便挤上马车回家了，我也慢悠悠地朝俱乐部走去。刚刚瞥见和乐融融的家庭生活，或许是因为有些孤独吧，我竟生出几分羡慕。他们似乎感情很好，互相开着外人听不懂的小玩笑，开心得不得了。如果以能言善辩为评判标准，查尔斯·斯特里克兰的确堪称愚钝，但他的才智不仅足以应付周围环境，还是能让他收获成功和幸福的通行证。斯特里克兰太太是位迷人的女性，很爱自己的丈夫。我能想象出他们的生活：无灾无难，诚实体面。两个正直可爱的孩子，显然也能继承他们的地位和传统。这样的生活，已经不能算微不足道。他们会在不知不觉间慢慢变老，看着子女长大成人，并在适宜之时组建自己的家庭。漂亮的女儿会成为母亲，生下健康的孩子。而英俊强壮的儿子显然会成为一名军人。最后，他们体面地退休，在子孙的爱戴下，快乐充实地安度晚年，直到入土为安。

想必，这也是世间无数夫妻的真实写照。如此平凡优雅的生活模式，让人想起平静的小溪蜿蜒流过茵茵牧场，穿过浓荫蔽日的美丽树林，汇入宽阔的海洋。然而，大海那般平静、沉默，波澜不惊，又会让你突然莫名不安。或许，这只是我的怪念头。哪怕在当时，这种想法也时常在我心中剧烈翻腾，让我觉得，大部分人如此度过的一生似乎总缺了点儿什么。我承认，这种生活有社会价值。我也看到了其中有条不紊的幸福。然而，血液中的狂热，依旧让我渴望一段更狂放不羁的人生旅途。那种轻松愉快的生活，似乎有某种让我惊恐忧虑之物。我从内心里渴望一种更危险的生活。只要生活有改变——改变和无法预见的刺激，我随时乐意踏上嶙峋的礁石和变化莫测、暗礁重重的浅滩。

回头读读我笔下的斯特里克兰夫妇，我发现他们竟显得有些模糊。要让书中人物栩栩如生，必须赋予他们相应的性格特征，我却没能写出这些特征。想到这或许是我的错，我开始绞尽脑汁地回想那些能让他们生动起来的气质癖好。我觉得，若能详述某些说话技巧或奇特习惯，我应该就能呈现出他们的特别之处。而像现在这样写，他们就像旧挂毯上的人像，无法从背景中分离出来。远远望去，几乎连轮廓也看不清，只能瞧见一团漂亮的颜色。我能找到的借口只有一个：他们给我的印象便是如此。作为社会有机体的一部分，有些人就是如此模糊。他们生活在这个有机体内，也只能依附着它而活。这些人就像人体里的细胞，虽必不可少，但只要健康活着，就会淹没在一个巨大的整体里。斯特里克兰一家就是普通中产家庭的一员：讨人喜欢、殷勤好客的妻子热衷结交文艺界小名人，但这种嗜好也无伤大雅；沉闷无趣的丈夫，尽心尽力地过着仁慈上帝为他安排的生活；最后便是两个漂亮健康的孩子。这样的家庭再平凡不过，我真不知道他们身上哪儿还有能引起好奇者关注的东西。

回想后来发生的事，我不禁自问：我是否真的太过愚钝，才没看出查尔斯·斯特里克兰的非凡之处？或许是吧。时隔多年，如今我已深谙人情世故，但即便在初识斯特里克兰夫妇时便有此阅历，我应该也会做出同样的判断。但因为我已经知道人心难测，所以现在的我不会像那年初秋刚回伦敦时一样，为那个消息惊讶万分。

返回伦敦还不到二十四小时，我便在杰明街碰见了罗丝·沃特福德。

"你看起来真高兴，"我说，"乐什么呢？"

她笑了，眼里闪着我熟悉的那种狡黠之光。这意味着，她又听到了某个朋友的丑闻。这位女作家的直觉相当敏锐。

"你见过查尔斯·斯特里克兰了，对吧？"

不仅脸，她的整个身体都透着股轻快劲。我点点头，心想那可怜的家伙是不是在证券交易所血本无归，或者被公共汽车撞了。

"难道不可怕吗？他丢下妻子跑啦。"

沃特福德小姐肯定觉得，在杰明街边说这事对这个话题不公平，于是像个艺术家一样，只抛出事实，随后便声称对细节一无所知。我虽然并不认为如此微不足道的环境问题能阻止她讲述此事，但她就是不肯让步。

"我说啦，我什么也不知道，"我激动地问了几个问题后，她却只快活地耸耸肩，"我相信，伦敦的哪家茶室，准有个年轻姑娘辞职了。"

她冲我笑笑，说已经跟牙医约了时间，便喜滋滋地走了。

得知这个消息，我其实并没多么苦恼，反而勾起了更多兴趣。那时候，我亲身体验的事情并不多。所以，只会发生在书中人身上的事，竟发生在我认识的人身上，顿时让我兴奋起来。诚然，岁月已经让如今的我习惯这样的事，但当时的我，还是有点儿震惊。斯特里克兰肯定已过四十，这把年纪的男人还牵扯情爱之事，真是令人作呕。过于年轻让我傲慢地认为：一个男人陷入爱河，却又不会让自己成为大傻瓜，那他绝不能超过三十五岁。此外，这个消息也给我带来了些许困扰。因为我在乡下时就写信给斯特里克兰太太，不仅告知了我的返程日期，还说她若不回信另作安排，我就找一天去跟她喝茶。而这天就是今天，我也的确没有收到斯特里克兰太太的回信。她到底想不想见我？心烦意乱之下，她很可能早已把我的信抛到脑后。或许，我应该明智地不去赴约。可话说回来，她或许想瞒下此事，那我若表现出已得知这个奇怪的消息，就太草率了。我左右为难，既怕伤害她的感情，又担心去了惹她心烦。她现在肯定很痛苦，我不想看别人痛苦，自己却爱莫能助。但我又打心里想去瞧瞧斯特里克兰太太会如何应对。这想法真让我觉得有点儿羞愧。真不知道如何是好。

最后，我突然想到：完全可以若无其事地登门拜访，先让女仆进去通报，问问斯特里克兰太太是否方便会客。这样，她便有了能将我打发走的机会。然而，跟女仆说出这番早已准备好的话时，我还是相当尴尬。站在幽暗的走廊等待回复时，我必须鼓起全部勇气，才没有临阵脱逃。女仆回来了。可能过于兴奋让我胡思乱想，但从她的举止来看，我真觉得她已经彻底知晓这桩家庭惨剧。

"先生，请这边走。"她说。

我跟着她走进客厅。百叶窗没有完全拉开，免得屋里太亮。斯特里克兰太太背光而坐。她的姐夫麦克安德鲁上校站在壁炉前，就着还未燃旺的炉火烘烤后背。我觉得自己来得真不是时候，肯定让他们很意外。斯特里克兰太太之所以让我进来，不过是忘了叫我推迟来期而已。我还觉得，上校肯定很讨厌我这番中途打扰。

"我不确定你是不是在等我。"我努力装出一副漫不经心的样子。

"我当然盼着你来。安妮，赶紧上茶。"

即便客厅昏暗，我也看出斯特里克兰太太的脸都哭肿了，她那向来不怎么好的皮肤，如今更变成了土灰色。

"你还记得我姐夫吧？假日前，你们在那次晚餐上见过。"

我们握了握手。我正腼腆地不知该说什么好，斯特里克兰太太解救了我。她问我这个夏天是怎么过的，我总算循着话头说了几句，直到女仆端来茶水。上校要了一杯威士忌苏打。

"你最好也来一杯，埃米。"他说。

"不，我还是喝茶吧。"

这是第一个暗示：的确发生了不幸的事。我佯装不知，竭尽全力地跟斯特里克兰太太闲聊。上校依旧站在壁炉前，一言不发。我寻思着再过多久才能体面地告辞，也很奇怪斯特里克兰太太到底为什么让我进来。屋里没有花，夏天收起来的各种小玩意儿也没有

再摆出来。以往那般亲切愉快的房间，似乎生出某种阴郁僵滞之感，让人觉得非常奇怪，仿佛墙的另一边躺了个死人似的。我喝完了茶。

"来根烟吗？"斯特里克兰太太问。

她四下寻找烟盒，却没找到。

"恐怕已经没了。"

她突然失声痛哭，匆匆跑出了客厅。

我吓了一跳。估计烟向来都是她丈夫买，现在找不到了，又让她想起了丈夫。发现从前习以为常的小小慰藉都没有了，这种新的感觉仿佛扎了她一刀。她意识到，过去的生活已经远去，不复存在。我们亦再也无法维持表面的交往。

"我看，我该走了。"我边对上校说，边站起身。

"你估计已经知道，那个浑蛋把她抛弃了吧。"他突然大声嚷道。

我迟疑了。

"你知道，人们总要说闲话的，"我回答，"有人含含糊糊地跟我说出了事。"

"他跑了。跟一个女人去巴黎了。离开埃米，一分钱都没留下。"

"非常抱歉。"除此之外，我真不知道还能说什么。

上校一口喝掉了威士忌。他又瘦又高，五十来岁，留着两撇下垂的八字须，头发灰白。他有一双浅蓝色的眼睛，嘴巴显得没什么生气。上次见面后，我就记住了他这张傻乎乎的脸，也记得他如何骄傲地自夸，说他离开军队前一周打三次马球，十年都未间断。

"我想，我不该再打扰斯特里克兰太太了，"我说，"请您转告她，我很难过。如果有什么我能做的，我很乐意效劳。"

他没搭理我。

"真不知道她以后怎么办。还有孩子呢。难道让他们喝西北风长大吗？十七年啊！"

"什么十七年？"

"他们结婚十七年，"他厉声道，"我从没喜欢过他。当然，他是我妹夫，我已经尽量容忍。你认为他是绅士吗？她就不该嫁给他。"

"难道一点转圜的余地都没有了吗？"

"她只有一件事可做，就是和他离婚。你刚进来时，我正在跟她说这个。'亲爱的埃米，向法院递交诉状，'我说，'为了你，也为孩子。'最好别让我见到他，否则我非把他打个半死不可。"

我忍不住想，麦克安德鲁上校怕是没这本事揍人。因为斯特里克兰身强力壮，曾给我留下深刻印象。一个在道德上遭到侮辱的人，却没有直接惩戒罪人的力量，总是件令人痛苦的事。我正打算再次告辞，斯特里克兰太太回来了。她已擦干眼泪，并且在鼻子上扑了粉。

"真对不起，我刚才没忍住，"她说，"很高兴你没走。"

她坐了下来。我还是不知道该说什么，也不好意思谈论与自己无关的事。那时，我还不了解女人根深蒂固的恶习：热衷于跟任何有意倾听的人谈论自己的私事。看起来，斯特里克兰太太似乎已经控制住了自己的情绪。

"大家都在说这件事吗？"她问。

我大吃一惊。她竟认为我已经完全了解这场家庭变故。

"我刚刚回来，只见过罗丝·沃特福德。"

斯特里克兰太太握紧双手。

"告诉我，她到底说了什么。"我有些迟疑，她却不依不饶，"我特别想知道。"

"你知道别人会怎么说。她不太靠得住，对吧？她说，你丈夫抛弃了你。"

"就这些？"

我没有复述罗丝·沃特福德临走时，提起的那句茶室姑娘的话。我撒了谎。

"她没说他跟什么人一起走的吗？"

"没有。"

"我只想知道这个。"

我有些困惑，但不管怎样，我该走了。跟斯特里克兰太太握手告别时，我说要是有什么能做的，我非常乐意效劳。她挤出一个疲惫的笑容。

"非常感谢。我不知道谁还能为我做什么。"

我腼腆得无法表达同情，于是转身同上校告别。他没有跟我握手。

"我也要走了。如果你从维多利亚街走，我们同路。"

"好，"我说，"那走吧。"

9

"这事真是糟糕透顶。"我们刚走到大街上，他便开口道。

原来，他跟我一起走，就是为了继续聊他已经跟小姨子讨论过几个小时的事。

"要知道，我们不清楚到底是哪个女人。"他说，"反正那浑蛋跑巴黎去了。"

"我还以为他们感情很好。"

"是啊。就在你进屋前，埃米还说他们结婚这么多年，从没吵过架。你了解埃米，世上再没有比她更好的女人了。"

既然他跟我透露了这么多秘密，我觉得再提几个问题也无妨。

"你是说，她从没怀疑过？"

"没有。他八月还跟她和孩子在诺福克度假，和往常没什么两样。我们也去那儿待了两三天，我和我妻子。我还跟他打了高尔夫球。九月，他回到城里，让合伙人去度假。埃米仍留在乡下，他们在那儿的房子租了六个星期。租约快到期时，她给他写信告知了归期。可他是从巴黎回的信，说已经决定不跟她过了。"

"他怎么解释的？"

"没有解释，伙计。我看过那封信，还不到十行。"

"真是奇怪。"

说到这儿，我们正好要过马路，来往的车流打断了我们的谈话。麦克安德鲁上校说这些真荒谬，我怀疑斯特里克兰太太出于某些私人原因，肯定向他隐瞒了部分事实。一个结婚十七年的男人，不会无缘无故抛下妻子。肯定有什么事，让她怀疑两人的婚姻并没有那般美满。上校追了上来。

"当然，除了承认自己跟个女人跑了，他也给不出什么解释。他估计觉得，她早晚会自己发现这事。那家伙就是这样的人。"

"斯特里克兰太太打算怎么办？"

"首先，我们得拿到证据。我打算亲自去趟巴黎。"

"那他的生意呢？"

"这正是他的狡猾之处。去年以来，他的生意就越做越小。"

"他告诉合伙人他要走了吗？"

"只字未提。"

生意上的事，麦克安德鲁上校只略懂皮毛，我则一窍不通，所以实在不太清楚斯特里克兰到底是在什么情况下退出了他的生意。我听说，被他抛下的合伙人非常生气，威胁要告他。看来，要搞定这一切，他大约会损失四五百英镑。

"幸好屋里的家具都在埃米名下。她至少还能留下那些东西。"

"你说她将身无分文，是真的吗？"

"当然。她只有两三百英镑和那些家具。"

"那她该怎么活？"

"天知道。"

事情似乎变得越来越复杂，上校怒火中烧，骂骂咧咧，非但没把事情讲清楚，反而把我弄得更糊涂了。还好他看到陆海军百货商店上的大钟时，突然想起跟人约好要去俱乐部打牌，于是跟我分道扬镳，抄近道从圣詹姆斯公园走了。

10

一两天后，斯特里克兰太太派人送来一张便条，问我晚餐后能否去看看她。我发现家里就她一个人。她那条黑裙子简单得几近朴素，不由让人想起她的不幸遭遇。在如此真切的伤痛下，她还能做出合乎礼仪的穿戴，着实让不谙世故的我大为惊讶。

"你说过，只要请你帮忙，你都愿意。"她说。

"没错。"

"那你能不能去巴黎找查利①？"

"我？"

我吓了一跳，想到自己只见过他一次，真不知道她想让我做什么。

"弗雷德要去。"弗雷德就是麦克安德鲁上校。"但我觉得，他绝非合适的人选，只会把事情搞砸。除了你，我不知道还能请谁帮这个忙。"

---

① 译者注：查尔斯的昵称。

她的声音有些颤抖，我觉得哪怕迟疑片刻，都太残忍。

"可我跟你丈夫说过的话还不到十句。他不认识我，很可能直接就叫我滚蛋。"

"那又伤不了你。"斯特里克兰太太笑着说。

"你想让我去做什么呢？"

"我觉着，他不认识你反而是个有利条件。你瞧，他从未真正喜欢过弗雷德，觉得弗雷德就是个笨蛋。他不了解军人。弗雷德会勃然大怒，他们一准吵起来。这样事情非但不会改善，反而会更糟。但如果你说是代表我而来，他会听你说的。"

"我认识你的时间也不长啊。"我回答说，"除非了解所有细节，否则我不认为谁能处理好这种事。我不愿探听跟我无关的事。你为何不自己去找他？"

"你忘了，他不是一个人。"

我没再说话，仿佛看见自己去拜访查尔斯·斯特里克兰，并递上名片。然后我看着他大拇指和食指捏着名片，走进房间。

"请问你有何贵干？"

"我来跟你谈谈你太太的事。"

"是吗？你要是再长几岁，肯定能学会别多管闲事。如果你愿意把头稍微向左偏一点儿，就会看到门。再见！"

可以想见，届时我肯定很难体面地退出房门。要是等斯特里克兰太太处理完这事，我再回来就好了。我偷偷瞥了她一眼，她正陷入沉思。过了一会儿，她抬头看向我，深深地叹了口气，笑了。

"真是没想到哪，"她说，"结婚十七年了，我做梦都没想到，查理居然会迷上别的女人。我们感情一直很好。当然，我有很多他没有的爱好。"

"你知道那人是谁吗？"我不知道该如何措辞，"就是那个人——和他一起走的那个？"

"不知道。似乎没人知道。太奇怪了。通常来说，一个男人如果爱上谁，总会被发现他们的踪迹。比如出去吃饭什么的。而也会有几个朋友把这事透露给妻子。我没得到任何提醒，一个都没有。他的信就像晴天霹雳。我还以为，他和我在一起很幸福呢。"

这可怜的女人说到这就哭了起来。我真为她难过。但过了一会儿，她又平静下来。

"让自己出洋相没什么好处，"说着，她擦干眼泪，"唯一要做的，就是想出最好的解决办法。"

她继续东拉西扯地往下说，一会儿讲刚发生不久的事，一会儿又提起他们的初次邂逅和婚姻生活。但没过多久，我便开始对他们的生活有了相当清晰的认识。原来，我的推测并没有错。斯特里克兰太太是一位印度文官的女儿。她父亲退休后，便住到了英国偏远乡村。但出于习惯，他每年八月会带全家到伊斯特本换换环境。她就是在那儿结识了查尔斯·斯特里克兰。那年她二十岁，斯特里克兰二十三岁。他们一起出游，一起在海边散步，一起听黑人流浪歌手唱歌。斯特里克兰正式求婚前的一个星期，她已决定要嫁给他。两人在伦敦定居，起初住在汉普斯特德区。他越来越有钱后，他们便搬到市区，还生了两个孩子。

"他似乎一向都很喜欢他们。哪怕厌倦了我，应该也不会忍心抛弃孩子。太不可思议了，到现在我都不敢相信这是真的。"

最后，她把他的信拿给我看。其实我早就好奇地想看看，但一直没敢问。

亲爱的埃米：

　　我想，你已经发现家中一切都好。你吩咐安妮的事我已转告。你和孩子们回来时，会发现晚餐已经准备好。我不能在家迎接你们了。我已决定离开你，明早就去巴黎。到那儿后，我会寄出这封信。我不会再回来了。去意已决，不可更改。

你永远的

查尔斯·斯特里克兰

"没有一句解释，也没有一丝愧疚。你不觉得这太铁石心肠了吗？"

"如此看来，这封信的确很奇怪。"我回答道。

"只有一种解释，他已不再是从前的那个他。我虽然不知道是哪个女人迷住了他，但她的确将他变成了另外一个人。他们显然已经在一起很久了。"

"何以见得？"

"弗雷德发现的。每周有三四个晚上，我丈夫都说要去俱乐部打桥牌。弗雷德认识俱乐部的一个会员，有次跟他说起查尔斯很喜欢打桥牌。那人非常惊讶，说从未在那儿见过查尔斯。现在看来，这事已经相当清楚。我以为查尔斯在俱乐部的时候，其实他都跟那女人鬼混。"

我沉默了一会儿，又想起他们的孩子。

"这事很难跟罗伯特解释。"我说。

"噢，我对他们只字未提。要知道，我们回来后的第二天，他们就开学了。我多少还能保持镇静，跟他们说爸爸出差了。"

心里突然多了这么个秘密，还要装出一副若无其事的样子，真是很不容易。而且，要让孩子们舒舒服服地收拾好上学要用的东西，所有相关事宜都需要她关照。斯特里克兰太太又哽咽了。

"他们以后该怎么办啊，可怜的孩子们？我们怎么活啊？"

她努力控制自己，我看到她一会儿紧攥双手，一会儿又松开。

这种痛苦的确太可怕。

"如果你觉得我能帮上忙，我当然愿意去巴黎。但你得告诉我，到底想让我去干什么？"

"我想让他回来。"

"我听麦克安德鲁上校说，你已经决定跟他离婚。"

"我永远也不会跟他离婚，"她突然相当激动地说，"请转告他，他永远也别想跟那个女人结婚。我和他一样固执，我永远也不会跟他离婚。我得为孩子们着想。"

她最后补的这句话，估计是为了向我解释她的态度。但我觉得，她这句话与其说是因为母亲的关爱，不如说是出于一种非常自然的嫉妒心理。

"你还爱他吗？"

"不知道。我想让他回来。如果他肯回来，过去的就让它过去吧。毕竟，我们已经结婚十七年了。我是个宽宏大量的女人，只要对过程一无所知，我就不介意他做了什么。他必须认识到，这种迷恋不会持续太久。他要是现在回来，一切都能遮掩过去，个中内情，谁都不会知道。"

斯特里克兰太太如此在意流言蜚语，真是让我心中发凉。因为，当时的我还不明白在女人的生活中，他人的意见占了多大比重，甚至会让她们最深切的情感，都蒙上一片不真诚的暗影。

斯特里克兰的住址并非秘密。他的合伙人一怒之下写了封言辞激烈的信，寄到他开户的银行，嘲笑他隐匿行踪。而斯特里克兰则用一封充满冷嘲热讽的回信，告诉了合伙人他的具体地址。显然，他住在一家酒店里。

"我没听说过那地方，"斯特里克兰太太说，"但弗雷德很熟。他说，那家酒店很贵。"

她的脸已经涨成一片暗红，估计正在想象丈夫住进豪华套房，在一间又一间高档餐厅吃饭，白天赌马，夜晚逛剧场。

"他都这把年纪了，不能老这么想，"她说，"好歹四十岁了呀。要是个年轻人，我还能理解。但这样的年纪，真是太可怕了。他的孩子都快长大啦。再说，他的身体也吃不消啊。"

愤怒和痛苦在她心里激烈交战。

"告诉他，我们都盼着他回来。家里的每样东西都还是老样子，但一切也变了。没有他，我活不下去。我很快就会自杀。跟他谈谈过去，谈谈我们的往事吧。如果孩子们问起他，我该怎么回答？他的房间还跟他离开时一模一样。他的房间在等他。我们也都在等他。"

现在，我去巴黎后要说什么，她都一一叮嘱了。她甚至设想了斯特里克兰会说什么，并为我想好了应答之语。

"你会尽力帮我办好这件事，对吧？"她可怜兮兮地说，"把我现在的状态告诉他。"

看得出，她希望我用尽一切方法，去博取他的同情。她无所顾忌地哭个不停，我也觉得非常难过，不禁对斯特里克兰的冷酷残忍愤愤不平。我承诺一定竭尽全力将他带回来，再过一天就出发，事情没有进展绝不回来。然后，因为天色越来越晚，我们也都被这样的情绪弄得筋疲力尽，我便告辞离开了。

 **11**

旅途中，我疑虑重重地反复思量了这件差事。现在，看不到斯特里克兰太太痛苦的模样，我可以更冷静地考虑这件事。她行为中种种自相矛盾之处让我颇为困惑。她的确非常难过，但为了激起我的同情，她竟刻意将这种难过表演给我看。她显然准备大哭一场，这点从预先准备好的大量手帕就能看出来。虽然钦佩她的深谋远虑，但此刻回想起来，这或许会让她的眼泪不再那般动人。我无法确定她希望丈夫回家是因为爱他，还是怕流言蜚语。我也怀疑，情伤带来的心碎痛苦，是否也有虚荣心受伤的缘故。在年轻的我看来，这么想着实有些卑鄙。当时，我还不懂人性有多么矛盾，不知道真诚中有多少故作姿态，高贵中有多少卑劣低贱，邪恶中有多少良善。

不过，我的巴黎之行本就有些冒险意味。越接近巴黎，我的情绪越高涨。我以看戏的角度反观自己，对自己扮演的角色非常满意：我就是个值得信任的朋友，要把一个误入歧途的丈夫带回到他宽宏大量的妻子身边。我决定，第二天晚上就去找斯特里克兰。

因为我本能地认为，一定要精心选定与他见面的时间。要从感情上打动一个人，午饭前动手几乎无法奏效。当时，我也经常憧憬爱情，但也只有在下午茶后，我才会想象美满的婚姻生活。

我在自己入住的酒店打听查尔斯·斯特里克兰的住处。他住在比利时酒店。让我有些吃惊的是，看门人竟说没听过那里。据斯特里克兰太太所说，那是家豪华大酒店，就在里沃利大街后面。我们在指南里查找了一番，叫这个名字的酒店只有一家，位于穆恩街。那一带并非时髦区域，甚至不是很体面。我摇摇头。

"肯定不是这家。"我说。

看门人耸了耸肩。巴黎再没叫这个名字的酒店。我突然觉得，斯特里克兰终究还是隐瞒了自己的住址，给合伙人的那个或许就是在捉弄他。我不知道自己为何觉得这种做法很符合斯特里克兰的幽默——把暴怒的证券交易人骗到巴黎粗街陋巷上一所臭名远扬的房子里去，让他一无所获。不过，我还是觉得最好去看看。第二天六点左右，我叫了辆马车，赶往穆恩街。因为更愿意步行去酒店，以便先在外面看看再进去。街道两旁都是为穷人开设的小商铺，我沿着街道左侧走过一半路程，便看到了比利时酒店。我入住的酒店已经很普通，但跟这家一比，简直堪称豪华。这是栋破破烂烂的高楼，多年没有粉刷过。那副肮脏破旧的模样，把两边的房子衬得既整洁又干净。酒店脏兮兮的窗户都关着。查尔斯·斯特里克兰为了那个神秘情人放弃名誉和责任，显然不会到这样的地方纵情享乐。我火冒三丈，觉得自己被耍了，差点儿问都不问转身就走。最后之所以进去，不过是为了向斯特里克兰太太表明我的确已经尽力。

酒店的门在一家店铺旁。门开着，一进去就能看到一块牌子：前台在二楼。沿着狭窄的楼梯上去，我在楼梯平台上看到个用玻璃围起来的小房间，里面有一张桌子和两三把椅子。房间外面放了张长凳，酒店的夜班接待员估计就在上面凑合着过夜。四下无人，但我看到一个电铃按钮下写着"侍应"二字。我按了一下，侍者立马出现了。这是个年轻人，眼神鬼祟，一脸愠怒，只穿了件衬衫，趿着软拖鞋。

我不知道自己开口询问时，为何尽量做出一副漫不经心的样子。

"请问，斯特里克兰先生是不是恰巧住在这儿？"我问道。

"三十二号，六楼。"

我大吃一惊，好半晌没应声。

"他在吗？"

侍者看了眼挂在前台的木板。

"他没留下钥匙，你自己上去看吧。"

我想，不如再问一个问题。

"太太也在吗？"

"只有先生。"

侍者用怀疑的目光目送我上楼。楼梯昏暗沉闷，一股难闻的霉味扑鼻而来。走到三楼，一个身穿晨衣、头发蓬乱的女人打开门，默默地看着我经过。最后，我终于走到六楼，敲了敲三十二号房门。屋里传来一声响动，门打开了一些。查尔斯·斯特里克兰站到我面前。

他一言不发，分明没认出我来。

我报上姓名，尽量摆出一副非常轻松快活的模样。

"你不记得我了？去年七月，我有幸跟你吃过晚饭。"

"进来吧，"他愉快地说，"很高兴见到你。请坐。"

我走了进去。房间很小，被几件法国人所谓的路易·菲利普式样的家具挤满了。一床红色鸭绒鼓鼓地堆在大木床上。屋里还有个大衣柜、一张圆桌、一个很小的脸盆架和两把包着红色棱纹平布的软椅。每样东西又脏又旧，麦克安德鲁上校用那般笃定的口吻描述出的奢华场景，压根找不到。斯特里克兰把胡乱堆在一把椅子上的衣服扫到地上。我坐了下来。

"有什么事吗？"他问。

在这样的小房间里，他显得比我记忆中更高大。他穿了件旧诺福克外套，胡子好多天没刮了。上次见面时，他虽足够整洁，看上去却很不自在。现在，他如此邋遢凌乱，却泰然自若。我不知道他听完我准备好的这番话后，会作何反应。

"我是受你太太之托，前来看你的。"

"晚饭前我要出去喝一杯。你来得正好，喜欢苦艾酒吗？"

"还行。"

"那就走吧。"

他戴上一顶早该刷洗的圆顶礼帽。

"我们可以一起吃饭。要知道，你还欠我一顿晚餐呢。"

"当然。就你一个人吗？"

我非常满意自己竟如此自然地问出了这个重要问题。

"哦，是的。实际上，我已经三天没跟人说过话了。我的法文不够好。"

我率先朝楼下走去，边走边想：茶室那个小姑娘是出什么事了吗？他们吵架了？还是他的迷恋已经消失？就眼下的情形，真是很难看出他谋划了一年，就是为了孤注一掷地让自己陷入这般境地。我们走上克利希大道。一家大咖啡馆在人行道上摆了几张桌子。我们挑了一张坐下。

12

这会儿，克利希大道上人声鼎沸。只要想象力丰富，或许就能在往来路人中发现很多悲惨浪漫小说里的人物。比如小职员和女售货员，比如仿佛是从巴尔扎克小说里走出来的老家伙，还有利用人性弱点赚钱的男男女女。巴黎某些较贫困的区域涌动着无限活力，让人热血沸腾，随时准备好迎接各种意外之事。

"你熟悉巴黎吗？"我问。

"不熟。我们度蜜月时来过，之后我便没再来。"

"那你怎么找到那家酒店的？"

"看的推荐，我想找家便宜的。"

苦艾酒上来了，我们一本正经地把水浇在溶化的糖上。

"我想，我最好还是赶紧告诉你来意吧。"我有些尴尬地说。

他眼睛一亮。

"我就知道，迟早会有人来。埃米给我写了很多信。"

"那你应该很清楚我要说什么。"

"那些信我都没看。"

我点了根烟，以便给自己一点儿时间思考。这下，我真不知道该怎么完成使命，一路上想好的说辞，哀怜乞求的也好，义正言辞的也罢，似乎都不适合在克利希大道上说出来。他突然咯咯地笑了起来。

"真是件糟糕的差事，对吧？"

"不知道啊。"我回答。

"听着，那就赶紧把想说的都说出来，然后咱俩就能快活地度过今晚。"

我迟疑了。

"你有没有想过，妻子会非常难过？"

"她会挺过去的。"

他说这话时的冷酷无情，我简直无法用笔墨形容。尽管很窘迫，我还是竭力压住这种感觉，拿出了亨利叔叔说话的腔调。亨利叔叔是个牧师，每次求哪个亲戚给助理牧师候选人协会捐款时，都会用这种口气。

"不介意我打开天窗说亮话吧？"

他微笑着摇摇头。

"你这么做，对得起她吗？"

"对不起。"

"你对她有什么怨言？"

"没有。"

"结婚十七年，你挑不出什么毛病，却这样抛弃她，不是太可恶了吗？"

"可恶极了。"

我吃惊地瞥了他一眼。无论我说什么，他都衷心赞同，反倒让我无计可施了。不说荒唐可笑，至少我的处境变得很复杂。原本已经做好劝说、感化、激励和规劝的准备，甚至如有需要，我还可以愤愤不平地责骂嘲讽一番，可犯人对罪行供认不讳时，规劝者又能如何？因为我做错事向来都是否认一切，所以我对此真是毫无经验。

"还有什么要说的吗？"斯特里克兰问。

我努力撇了撇嘴。

"既然你都承认，看来的确没什么好说的了。"

"我想也是。"

感觉到完成使命的手段实在不怎么高明，我表现出了明显的怒气。

"岂有此理，总不能一分钱都不给，就把妻子抛弃了吧。"

"为什么不能？"

"她怎么活下去？"

"我养了她十七年。她为什么不能改变一下，自己养活自己？"

"她不行。"

"让她试试。"

我当然有很多话可以应答。或许可以说说妇女的经济地位，聊聊男人结婚后，不言而喻或显而易见的义务。诸如此类的理由还能找出很多。但我觉得，真正重要的只有一点。

"你再也不爱她了吗？"

"不爱了。"他回答。

无论对谁来说，这都是件极其严肃的事。他的回答却透着股厚颜无耻的快活劲儿，我不得不咬住嘴唇才没笑出声。我反复提醒自己他的行为可恶至极，才终于酝酿出愤愤不平的情绪。

"见鬼，你要想想孩子们啊。他们可没伤害过你，也不是自己要来这个世上的。你这样抛下一切，他们不得流落街头？"

"他们已经过了很多年舒服日子，比大多数孩子都舒服。再说，总会有人照顾他们。必要时，麦克安德鲁夫妇会供他们上学。"

"可你难道不喜欢他们了吗？多好的两个孩子啊。你是说，以后再也不管他们了吗？"

"他们小时候我的确喜欢。但现在两人都已长大，我对他们没什么特殊感情了。"

"真没人性。"

"我也这么认为。"

"你似乎一点儿也不羞愧。"

"不羞愧。"

我试着改变策略。

"每个人都会认为你是个不折不扣的下流坯。"

"随便他们。"

"知道所有的人都讨厌你、鄙视你，你也无所谓吗？"

"无所谓。"

他简短的回答如此不屑，让我这个再自然不过的问题显得无比荒谬。我寻思了一两分钟。

"如果一个人知道亲朋好友都不喜欢自己，我很怀疑他是否还能舒服自在地活下去，你确定不会为此事烦恼？每个人多少都有点儿良心，你迟早会受到良心的谴责。你妻子要是死了，你也不会悔恨痛苦吗？"

他没应声。我等了一会儿，想等他开口。最后，我不得不自己打破沉默。

"对我刚才的话，你有什么要说的？"

"就一句：你是个十足的蠢货。"

"无论如何，法律能强制你抚养妻子儿女，"我有些赌气地说，"法律应该可以向他们提供一些保护。"

"法律能从石头里榨出血来吗^①？我没钱，大约就只有一百英镑。"

我更困惑了。没错，从他住的酒店来看，他的确过得很窘迫。

"那些钱花完了怎么办？"

"再去挣点儿。"

他非常冷静，眼里始终带着嘲讽的笑意，仿佛我说的全是蠢话。我停顿片刻，琢磨接下来说什么更好。但这次，他先开口了。

---

① 译者注：习语，意为"不可能得到的东西"。

"埃米为何不能改嫁？她还算年轻，也不缺乏魅力。我还可以推荐一下：她是个杰出的妻子。她要是愿意跟我离婚，想要什么理由，我都可以提供。"

现在，轮到我发笑了。他很狡猾，但这显然才是他的真实目的。他有理由隐瞒自己与一个女人私奔的事实，所以想方设法地未雨绸缪，掩藏她的行踪。我斩钉截铁地说："你妻子说，无论你做什么，都绝不离婚。她已经打定主意，你还是死了这条心吧！"

他无比震惊地看着我，这神情显然不似作伪。唇边的笑容消失，他相当严肃地说："但是，亲爱的朋友，我才不在乎。无论她离不离婚，我压根不在乎。"

我哈哈大笑。

"噢，得了吧！别把我们当傻瓜。我们碰巧知道，你是跟个女人一起走的。"

他吃了一惊，随即也哈哈大笑起来。他的声音很洪亮，引得周围的人都转过头，有几个也跟着笑了。

"我不觉得这事有什么好笑的。"

"可怜的埃米。"他还在咧着嘴笑。

然后，他现出一脸不屑之色。

"女人的脑子真可怜！爱情，就知道爱情。她们觉得，男人离开都是因为有了新欢。你看我像这种傻瓜吗，把为一个女人做过的事再做一遍？"

"你是说，你不是因为别的女人，才离开妻子的？"

"当然不是。"

"你敢发誓吗？"

我不知道为何要这么问，真幼稚。

"我发誓。"

"那你到底为什么离开她？"

"我想画画。"

我盯着他看了半晌。无法理解。他莫不是疯了吧！别忘了，我当时还很年轻，他在我眼里已经是个中年人。除了惊讶，我什么都忘了。

"可你已经四十岁。"

"所以我才觉得应该赶紧开始。"

"你以前画过画吗？"

"小时候我很想当个画家，爸爸却让我做生意，说搞艺术赚不到钱。一年前，我开始画了些画。去年，我一直在上夜校。"

"斯特里克兰太太以为你在俱乐部打桥牌时，你其实都在夜校？"

"嗯。"

"你干吗不告诉她？"

"我觉得还是保守这个秘密更好。"

"你会画了吗？"

"还不行，但迟早能学会，所以才来到这儿。我在伦敦得不到想要的，或许在这儿可以。"

"像你这么大年纪的人现在才开始学画，真学得会吗？大多数人都是十八岁开始。"

"如果十八岁开始，我能比现在学得更快。"

"你凭什么认为自己有绘画天赋？"

他没有立刻回答这个问题，反而盯着熙来攘往的人群。但我觉得，他什么也没看见。他的回答也跟没答一样。

"我必须画画。"

"你这不是在冒巨大的风险吗？"

他望着我，眼睛里那抹异色让我很不舒服。

"你多大了？二十三？"

我觉得他跑题了。我要冒险很自然，可他早已不再年轻，是个体面的证券经纪人，还有妻子儿女。对我来说再自然不过的路，于他而言就很荒唐了。我还是希望自己尽量公平。

"当然，奇迹也有可能出现，你或许会成为大画家。但必须承认，这几乎是百万分之一的可能。如果最终还是得承认自己一败涂地那岂不是亏大了。"

"我必须画画。"他又重复了一遍。

"如果顶多成为一个三流画家，你还会觉得：为此抛弃一切很值得吗？毕竟，在其他行业，哪怕你不那么优秀也没关系。只要差强人意，就能过得相当舒服。艺术家可就完全不同了。"

"你真是个大傻瓜。"他说。

"怎么，难道把显而易见的事说出来很愚蠢吗？"

"我说过了，我必须画画。我身不由己。一个人掉进水里后，泳技好坏都无关紧要，因为他要么挣扎出来，要么就淹死。"

他声音里满怀激情，我都不由自主地被打动了，似乎看见某种强烈的力量在他体内挣扎。我觉得那股力量非常强大，压倒一切，与他的意志相悖，牢牢控制住了他，完全超出了我的认知。他似乎真的着了魔，很可能突然被撕得粉碎。可从表面上看，他又再正常不过。我好奇地打量着他，他却一点儿都不尴尬。真不知道陌生人会如何看待这样一个人：穿着旧诺福克夹克，戴着早该刷洗的圆顶礼帽。裤子松松垮垮，双手并不干净，脸上胡子拉碴，下巴布满红色胡茬。一双小眼睛，一个颇具挑衅意味的大鼻子显得难看又粗俗。他的嘴很大，厚厚的嘴唇给人一种耽于肉欲之感。唉！我无法断定他是哪类人。

"真不打算回到妻子身边？"最后，我开口道。

"永远不回去了。"

"她愿意不计前嫌，重新开始，一句责备的话都不会说。"

"让她见鬼去吧。"

"别人如果把你当成彻头彻尾的混蛋，你也不在乎吗？就算她和孩子去讨饭，你也不在乎吗？"

"一点儿也不在乎。"

我沉默片刻，以便让接下来的话更有力量。我故意一字一顿地说："你真是个彻头彻尾的混蛋！"

"好啦，你终于把心里话说出来了吧。走，咱们吃晚饭去。"

　　我敢说，更得体的做法应该是拒绝这份邀请。或许，我应该把真真切切的愤怒明确表达出来。要是回去后能向麦克安德鲁上校汇报，说我如何断然拒绝跟这种人同桌吃饭，至少能让上校对我赞不绝口。但因为总担心无法有效地将这种形象贯彻到底，所以我一直羞于以道德典范自居。而且，无论我在这事上多么义愤填膺，对斯特里克兰也毫无效果，所以再说那些义正言辞的话，就更加尴尬。只有诗人或圣徒才坚信在沥青路上辛勤浇灌，能培育出百合花。

　　我付了酒钱，随即跟他去了一家便宜餐馆。我们在拥挤而活跃的气氛中，愉快地吃了顿饭，胃口都不错。我胃口好是因为年轻，他则是因为早已没了良心。然后，我们去小酒馆喝了咖啡和利口酒。

　　这次巴黎之行要说的话，我都已说完。虽然没有继续追问，让我觉得有背叛斯特里克兰太太之嫌，但我实在斗不过斯特里克兰的冷漠。只有女人，才能热情不减地把同一件事重复三遍。我安慰自己，尽量弄清斯特里克兰的内心，对我来说还是很有用的。我本来对这点就更感兴趣。但这并非易事，因为斯特里克兰不是个能说会道的人。他似乎在表达方面有困难，言语仿佛并非传达其思想的媒介。因此，你必须通过那些陈腐的套话、俚语和模糊不清且并不完整的手势来猜测他的意图。尽管说不出什么高深的话，性格中的某种东西却让他显得并不乏味。或许，那东西就是真诚。对于初次见到的巴黎（我没有算上他跟妻子同来的那次）他似乎并不怎么在意。没有见过的陌生景象，他也能毫不惊诧地接受。巴黎我来过上百次，每次都能遇到激动不已的事。走在巴黎街头，我总有一种随时都会有奇遇的感觉。斯特里克兰却始终平静。现在回想起来，我觉得除了灵魂中某种躁动的幻想，他当时对一切都视若无睹。

后来，还发生了一件相当荒唐的事。小酒馆里有不少妓女，有的跟男人坐在一起，有的独自坐着。没过多久，我便发现其中的一个总瞥向我们。目光撞上斯特里克兰的目光时，那女人笑了。但我想，他其实并没有看见她。不一会儿，她出去了，旋即回来，经过我们身边，很有礼貌地要我们请她喝一杯。她坐下，我跟她聊了起来。可是，她的目标显然是斯特里克兰。我解释说他只会几句法语，她仍尝试着跟他讲话，一边打手势，一边说着皮钦式法语。出于某种理由，她觉得这样能让他听懂更多。她还说了五六句英语。有些只能用法语讲的话，她就让我翻译，并热切地追问他的回答是什么意思。他虽然相当和气，也有点儿开心，但显然很冷淡。

"我想，你已经把她征服了。"我哈哈大笑。

"我并不觉得荣幸。"

如果换了我，我会更尴尬，而非像他那般冷静。那女人生了双会笑的眼睛，还有张最迷人的嘴。她很年轻，真不知道斯特里克兰身上有什么吸引她的东西。她丝毫不掩饰自己的欲望，央着我继续翻译。

"她想让你带她回家。"

"我不需要女人。"他回答。

我尽量委婉地翻译了他的回答，觉得拒绝这种邀请真不礼貌。我说他是因为没钱才拒绝的。

"可我喜欢他，"她说，"告诉他，这是为了爱情。"

我翻译完这话后，斯特里克兰不耐烦地耸了耸肩。

"叫她见鬼去吧。"他说。

他的态度非常清楚地表明了他的意思，姑娘猛地把头往后一扬。或许，她脂粉下的脸也红了。她站了起来。

"这位先生真没礼貌。"她说。

她走出酒馆。我有点儿生气。

"你有必要如此侮辱她吗？"我说，"不管怎样，她的关注也是对你的一种赞赏。"

"这种事让我恶心。"他粗暴地说。

我好奇地看着他。他脸上的确露出了厌恶的神情。可这是一张粗犷而性感的脸。我想，那姑娘就是被他脸上的某种野性气质吸引了。

"在伦敦，我想要什么样的女人都能搞到手。我来巴黎，不是为了这个。"

14

　　回英国的途中，我想了很多关于斯特里克兰的事，并试图理清要对他妻子说的话。事情没能办得称心如意，我估计无法让她满意。我对自己都不满意。斯特里克兰让我迷惑。我无法理解他的动机。当我问起最初是什么让他萌生画画的念头时，他说不清，也不愿意告诉我。我一无所获，只能试图说服自己：他迟钝的头脑中渐渐生出一种模糊的反叛意识。然而，一个不容置疑的事实却推翻了上述解释：对于过去的单调生活，他从未表现出任何厌烦情绪。如果只是无法忍受无聊的生活，才决心成为一名画家，以挣脱令人恼恨的枷锁，这种行为倒是可以理解，也算人之常情。但我并不觉得他是个寻常的人。最后，满脑子浪漫情怀的我想出一种解释。这个有些牵强，却唯一从各方面都让我满意的解释是这样的：我推测，他灵魂中应该深埋着某种创作本能。这种本能虽然被他的生活环境掩藏，却一直在不屈不挠地生长，就像癌细胞在活体组织中生长一样。终于，它完全控制住了他，迫使他不容抗拒地采取行动。这就好比杜鹃把蛋下在别的鸟窝里，雏鸟破壳后，不仅会把它的养兄弟们挤出去，最后还会破坏那个收容它的鸟窝。

但这种创作的本能竟攫住一个如此乏味的证券经纪人，或许会让他身败名裂，也可能给依附他的家人带来不幸，真是件非常奇怪的事。但看看上帝如何操控世人，前者倒也不足为奇。上帝会攫住某些有钱有势的人，无比警醒地穷追不舍，直到将其征服，让他们放弃俗世的快乐和女人的爱情，甘愿去修道院过痛苦的禁欲生活。皈依的形式有很多种，实现途径也多种多样。有些人需要一场大变革，就像石块或许会被愤怒的洪流冲得粉碎。另一些人则是逐渐皈依，过程类似水滴石穿。斯特里克兰既有狂热者的坦率，也有使徒的狂热。

但以我务实的眼光看来，这种令他着迷的激情是否能催生有价值的作品，还有待时间证明。我问在伦敦夜校学画的同学怎么看待他的画，他咧嘴一笑，说：“他们觉得那就是笑话。”

“到这儿后，你开始去画室学画了吗？”

“去了。那个讨厌的家伙今天早上才来过呢——你知道的，我说的就是老师。看到我的画，他扬了扬眉就走了。”

斯特里克兰咯咯地笑了起来，似乎并不灰心。别人的意见对他毫无影响。

跟他打交道的过程中，这正是最让我窘迫的一点。有人说不在乎他人对自己的看法时，大多数情况下，都只是在自欺欺人。通常来说，他们之所以我行我素，是因为笃定旁人看不出他们的异常行为。这些人顶多在几个近邻或好友的支持下，做些违背大多数人意见的事。如果一个人的"不落俗套"只是遵循了同类的惯常准则，那要做到世人眼中的"不落俗套"，也不是件难事。而且，这种行为反而会让他无限膨胀，既可以为自己的勇气沾沾自喜，又不必承担风险。但是，想得到旁人认可，或许是文明人最根深蒂固的本能。一个不落俗套的女人若因触犯礼制而遭到非议，她定会比任何人更着急寻求体面的庇护。那些说毫不在乎他人看法的家伙，我一概不信。那不过是愚昧的虚张声势而已。他们其实只想表达：因为笃定自身的小瑕疵绝不会被发现，所以他们才不惧责难。

可这儿的确有个真不在乎他人看法的家伙。因此，传统压根约束不了他。他就像身上抹了油的摔跤手，让你怎么都抓不住。这就给了他一种令人火冒三丈的自由。我记得我对他说："听着，如果每个人都像你这样，这世界就完了。"

"真是蠢话。不是每个人都愿意像我这样。大多数人都乐于平淡。"

有一次，我想挖苦他。

"有一句格言你显然不相信：人的一言一行，都要符合普遍法则。"

"没听过，全是胡说八道。"

"这是康德说的。"

"无所谓，反正是胡说八道。"

指望这种人良心发现根本没用，这好比不照镜子，就想看到自己的容貌一样。我认为，良心是一个人的守卫，守护着社会为了自身延续逐渐形成的一套准则。它是我们所有人心中的警察，监视着我们不违法乱纪。它是潜伏在"自我"大本营中的间谍。因为人类渴望同伴认可的欲望如此强烈，非常害怕指责，结果反而自己把敌人迎进大门。良心时刻监视着他，始终为了主人的利益高度警惕。任谁萌生脱离集体的念头，它都会立刻粉碎这种想法，迫使主人将社会利益置于个人利益之上。良心是连接个体和整体的强大纽带。常人总会说服自己，大众利益高于个人利益，从而甘愿沦为良心这个监工的奴隶。他会把良心供在荣誉宝座上，最后如弄臣夸赞肩上的帝王权杖般，为自己有敏锐的良心而骄傲。对那些不承认良心统治地位的人，他却觉得自己没有足够有力的言语去斥责对方。因为身为社会成员，他已经足够清楚地认识到，自己没有力量与这种人对抗。当我看到斯特里克兰面对自己的行为必然会引起的指责无动于衷时，我只能像见到一个几乎不成人形的怪物般，惊恐后退。

那晚跟他告别时，他最后对我说的话是："告诉埃米，找我没什么好处。不管怎样，我就要换酒店了。所以，她找不到我的。"

"我觉得，她摆脱你也是件好事。"我说。

"亲爱的朋友，我只希望你能让她看清这点。可惜，女人总是愚不可及。"

15

回到伦敦，我便发现了一封急信，叫我吃过晚饭后立刻去斯特里克兰太太家。麦克安德鲁上校和他太太早就到了。斯特里克兰太太的姐姐比她大几岁，长得也跟她很像，只是显得更老一些。这女人一副精明高效的模样，仿佛整个大英帝国都是她囊中之物。高级官员们的妻子深知自己属于上层社会，所以身上总有这般神气。她举止活泼，但良好的教养也掩盖不住其根深蒂固的偏见：只要不是军人，你就连一个站柜台的都不如。她讨厌近卫军，觉得那些人骄傲自负，她也不允许自己谈论军官们的妻子，认为那些女人过于散漫。她的衣服并不时髦，却价格不菲。

斯特里克兰太太显然很紧张。

"好啦，快把你带回来的消息告诉我们。"她说。

"我见到你丈夫了，恐怕他已打定主意不回来。"我停顿片刻，"他想画画。"

"你说什么？"斯特里克兰太太无比震惊地嚷道。

"你从来不知道他痴迷这种事吗？"

"他肯定疯了。"上校大声说。

斯特里克兰太太微微皱起眉，在记忆中苦苦搜寻。

"我记得结婚前，他经常带着颜料盒四处闲逛。但谁都没见过那些涂鸦。我们常常取笑他。他绝对没有绘画天赋。"

"这当然只是个借口。"麦克安德鲁太太说。

斯特里克兰太太又沉思了一会儿。我说的话显然让她毫无头绪。现在，她已把客厅收拾了一番，家庭主妇的本能战胜了沮丧的心情。出事后我第一次到访时，这儿就像带了旧家具，已经待租很久的房子。如今，它已不像当时那般凄清荒凉。然而，我现在已经在巴黎见过斯特里克兰，所以很难想象他曾生活在这样的环境里。我想，若发现他身上那种并不适宜的东西，他们肯定会很吃惊。

"可是，他如果想当画家，为什么不告诉我呢？"终于，斯特里克兰太太问，"我想，对于这样的抱负——我肯定会同情且支持。"

麦克安德鲁太太抿紧嘴唇。我想，对于妹妹结交文人艺术家的喜好，她肯定从来都不赞同。说起"文艺"二字，她都不无嘲讽。

斯特里克兰太太继续道："不管怎样，他要是有天赋，我肯定第一个支持。我不介意做出牺牲。相比证券经纪人，我更愿意嫁给画家。如果不是为了孩子，我什么都不在乎。哪怕住在切尔西寒酸的画室，我也会跟住在这儿一样快乐。"

"亲爱的，我可要忍不了你了，"麦克安德鲁太太嚷道，"你不是要说，这些鬼话你都信了啊？"

"可我觉得，这就是实情。"我温和地说。

她愉快又轻蔑地看了我一眼。

"一个四十岁的男人是不会抛弃工作和妻儿，去当什么画家的。除非有女人在里面捣乱。依我看，他是结识了你的哪个文艺圈朋友，被她迷晕了头吧。"

斯特里克兰太太苍白的面颊突然泛起红晕。

"她是什么样的人？"

我犹豫片刻，知道自己带来的是记重磅炸弹。

"没有女人。"

麦克安德鲁上校和妻子不可置信地嚷嚷，斯特里克兰太太则猛地站了起来。

"你是说，你压根没见到她？"

"没有女人。他就一个人。"

"荒唐！"麦克安德鲁太太嚷道。

"早知道我就该亲自去一趟，"上校说，"我敢跟你们打赌，我肯定能很快把她揪出来。"

"我也希望你亲自去，"我有些讥讽地道，"那你就能亲眼目睹你的每一个猜测都是错的。他没住豪华酒店，反而栖身在最邋遢的小房间里。他哪怕真的离家出走，也不是去过花天酒地的生活。他几乎没什么钱了。"

"你说，他是不是做了什么我们都不知道的事，为躲避警察才藏了起来？"

这个假设又在他们心中燃起一线希望，但我完全不信。

"要是这样，他不会蠢到把地址告诉合伙人，"我刻薄地说，"总之，有件事我可以肯定，他没有跟任何人私奔，也没爱上谁。他脑中压根没有这样的念头。"

几人沉默了一会儿，都在思考我的话。

"好吧，如果你说的是实情，"终于，麦克安德鲁太太开口道，"那事情倒没我想的那么糟。"

斯特里克兰太太瞥了她一眼，却没吭声。此刻，她的脸色十分苍白，漂亮的黑眉低垂着。我没看懂她的表情。麦克安德鲁太太继续道："如果只是心血来潮，他会挺过去的。"

"埃米，你为何不去找他？"上校大胆提议，"你完全可以跟他在巴黎住一年。孩子我俩来照看。我敢说，他很快就会厌倦，迟早做好准备返回伦敦。最后不会造成多大损失的。"

"换做是我，我才不去，"麦克安德鲁太太说，"他爱怎样就怎样，总有一天会夹着尾巴回来，安心过舒服日子。"麦克安德鲁太太冷冷地看着妹妹，"或许，跟他生活在一起，你有时都没那么聪明了。男人就是奇怪的生物，你得知道如何驾驭他们。"

麦克安德鲁太太和大多数女性意见相同，认为男人都本性难移，总会抛弃深爱着他们的女人。但男人真做出这样的事，更应该受到谴责的却是女人。正如法国谚语所说：情感自有理性无法知晓的理由。

斯特里克兰太太的目光缓慢地逐一扫过我们每个人。

"他永远不会回来了。"她说。

"噢，亲爱的，记住我们刚才说的话。他已经过惯有人照顾的舒坦日子。你觉得，他能在那寒酸酒店的破房间里住多久？再说，他没多少钱了，肯定会回来的。"

"如果是跟那个女人跑了，我觉得还有一线希望。我不相信那种事会有什么结果。三个月，他就会烦死那个女人。但他如果不是因为爱情出走，那一切都完了。"

"噢，你这些话真玄乎。"上校的自身经历完全无法理解这种情感，他把所有蔑视都灌注在了"玄乎"这个词上，"你可别信这些，他会回来的。而且，就像多萝西说的，让他在外头折腾一阵，情况也不会变得更糟。"

"可我不想让他回来了。"她说。

"埃米！"

斯特里克兰太太顿时来了火气，她脸上的苍白源于冷酷的心和突如其来的怒气。她微微喘着气，飞快地说出下面这番话。

"他要是疯狂地爱上某个女人，跟她私奔了，我还可以原谅，并认为这是很自然的事。我不会真的责备他，会认为他只是被骗走了。男人总是心肠太软，女人又太寡廉鲜耻。如今却不是那么回事。我恨他，永远不会原谅他！"

麦克安德鲁上校和他妻子开始一起劝她。两人都很吃惊，说她肯定是疯了。他们完全无法理解她。斯特里克兰太太绝望地转向我。

"你也不明白吗？"她大声问道。

"我说不准。你的意思是说：如果他为了女人离开，你可以原谅；可他要是为了理想离开，你就不能原谅了？你觉得自己斗得过前者，对后者却无能为力？"

斯特里克兰太太很不友好地瞪了我一眼，并未回答。或许我的话戳中了要害。她继续用低沉而颤抖的声音说：

"我从没想过，我会像恨他一样去恨一个人。你知道吗，我始终安慰自己：不管这事持续多久，最终他还是会回来。我想，他会在临终前派人叫我去，我也做好了去的准备。我会像母亲一样照料他，并在最后告诉他一切都没关系，我仍一如既往地爱着他，会原谅他做的每件事。"

女人总喜欢在所爱之人临终时表现得宽容大量，这点真是让我窘迫不安。有时候，她们似乎还会抱怨男人活得太长寿，推迟了她们上演这出好戏的机会。

"可现在——现在全完了。我对他就像对待一个陌生人，再也没有一点感情。我希望他死得贫困潦倒，最后食不果腹，身边一个朋友也没有。我希望他身染恶疾，全身腐烂。我跟他彻底完了。"

我想，不如趁现在把斯特里克兰的建议说出来。

"你要是想跟他离婚，需要做什么，他都愿意配合。"

"我为什么要给他自由？"

"我想不需要自由。他这样做，只是认为这更方便你。"

斯特里克兰太太不耐烦地耸了耸肩。她估计对我有点儿失望。

和现在不同，当时的我认为人性单纯如一。可我悲伤地发现，如此可爱的女人，竟有这么强的报复心。那会儿我还不明白人性有多么复杂，如今却已经相当清楚：卑鄙与高尚、恶毒与仁慈、憎恶与热爱，都可以同时存在于一颗人心中。

我不知道是否应该说点儿什么，来抚慰斯特里克兰太太备受屈辱折磨的心。我想，我应该试试。

"要知道，我不确定你丈夫是否应该为他的行为负责。我觉得他已经不是他自己，似乎被某种力量附了身，在其操控下去达成某个目的。他就像落入蛛网的苍蝇般无助，也像被人下了咒。这让我想起人们有时说起的那些离奇故事：一个灵魂进入另一个人的身体，赶走了原来的主人。这个新来的灵魂在躯体里并不安分，便引起了一系列神秘的变化。在过去，大家就会说查尔斯·斯特里克兰是被魔鬼附身了。"

麦克安德鲁太太抚平衣服下摆，金镯子滑到手腕上。

"我觉得你这番话着实很牵强，"她刻薄地说，"不可否认，埃米对她丈夫或许是有些想当然。要不是太忙于自己的事，我不相信她无法发现事情不妙。如果亚历克有什么心事，凭我的敏锐，不可能一年多了还看不清。"

上校茫然地望向半空，那故作无辜的奸狯模样，我想当真无人能及。

"但这改变不了事实：查尔斯·斯特里克兰就是个没心没肺的禽兽。"她严厉地瞪了我一眼，"我可以告诉你他为何离开妻子。

纯粹出于自私，再没别的。"

"这肯定是最简单明了的解释。"我虽这么说，心里却觉得这其实等于什么也没解释。当我说有些累了，起身告辞时，斯特里克兰太太并未挽留。

16

接下来发生的事，证明斯特里克兰太太是个很有性格的女人。无论多么痛苦，她都隐藏得很好。她敏锐地发现，反复唠叨自身的不幸，很快就会惹人生厌，所以她更乐意收起那副可怜相。因为同情她的不幸遭遇，朋友们争着宴请她。每次出门，她的表现都无懈可击。她很勇敢，但又不会把这份勇敢表现得太明显；她开开心心，却并不肆意忘形。相比讨论自己的麻烦，她似乎更渴望倾听别人的烦恼。每次提起丈夫，她总是语带怜悯。一开始，她对他的这种态度着实令我困惑。一天，她对我说："你知道吗，你说查尔斯一个人待在巴黎，肯定搞错了。据我所知——当然，我不能告诉你这消息怎么来的——他并非独自离开英国。"

"若果真如此，那他简直是个隐匿行踪的天才。"

她转开目光，脸微微泛红。

"我的意思是，如果有人跟你谈起此事，说他和别人私奔了，请别反驳。"

"当然不会。"

接下来她便换了话题，仿佛刚才说的只是件无关紧要的事。很快，我就发现一个离奇的故事在她的朋友圈里传开了。他们说，查尔斯·斯特里克兰迷上了一位法国舞蹈演员。他在帝国大剧院第一次见到她，后来就随她去了巴黎。我不知道这种说法从何而来，但奇怪的是，它为斯特里克兰太太博得不少同情，也为她增添了不少名望。对她之后决心从事的行业，这一传闻也不无助益。麦克安德鲁上校说她就要身无分文时，倒真没夸大其词。她非常需要尽快找到谋生之道。她认识很多作家，于是决定利用这一优势，即刻开始学习速记和打字。凭借受过的教育，她很可能比普通打字员更有效率，而她的遭遇也招徕不少生意。朋友们不仅承诺把活派给她，还留心把她推荐给其他人。

麦克安德鲁夫妇没有孩子，生活优渥，便帮忙抚养两个孩子。斯特里克兰太太只需维持自己的生活就好。她把公寓租了出去，卖掉家具，在威斯敏斯特附近找了两间小房子安顿下来，重新面对世界。看她如此有效率，可以想见，她定能干出一番事业。

17

大约五年后，我逐渐厌倦了伦敦，决定去巴黎住段时间。每天都做差不多的事，我真是受够了。朋友们也波澜不惊地过日子，已经无法给我任何惊喜。每次碰头，我都知道他们会说什么，甚至他们的风流韵事，也乏味得很。我们就像往返于起点和终点的有轨电车，甚至能大致估算出乘客数量。生活被安排得如此井井有条，着实令我恐慌。我退掉小公寓，卖掉为数不多的家具，决定开始新生活。

临行前，我去拜访了斯特里克兰太太。一段时间没见，我发现她变了不少，不仅更瘦更老、皱纹更多，性格也变了。她的生意很好，如今在赞善里街有了间办公室，还雇了四个姑娘，自己已经很少打字，而是花时间校对她们的稿子。她会想办法把稿件弄得精致漂亮，还会用很多蓝色和红色墨水。稿件用各种浅色系粗纸包装，乍看之下很像一卷卷水波绸。因为已经赢得整洁、准确的好名声，她赚到了钱。不过，她依旧认为自食其力有损尊严，总喜欢提醒别人自己出身高贵，还爱在交谈中说起她认识的某些人，好让你知道她的社会地位并没有降低。虽然有些羞于提起自己的勇气和经商才能，她却会愉快地说到第二天晚上要跟某位住在南肯辛顿区的王室法律顾问共进晚餐。她乐意告诉你儿子在剑桥大学读书，也会面带微笑地讲起，女儿刚步入社交界就有应接不暇的舞会邀请。我想，我当时说了句非常愚蠢的话。

"她也会来做这行吗？"

"噢，不，我不会让她干这个。"斯特里克兰太太回答，"她这么漂亮，肯定能嫁得很好。"

"我早该想到，这样也能帮上你。"

"有几个人还建议让她去演戏，但我当然不同意。有名的剧作家我都认识，只要愿意，明天就能给她弄到一个角色，可我不想让她跟那些人混在一起。"

斯特里克兰太太的这种孤傲态度让我有些发寒。

"还听到过你丈夫的消息吗？"

"没有，音讯全无。我觉得，他估计已经死了吧。"

"我在巴黎或许会碰到他。如果有什么消息，需要我告诉你吗？"

她迟疑了一会儿。

"他要是真有困难，我可以提供一点儿帮助。我给你一笔钱吧，他如果需要，你就一点一点地给他。"

"你真好。"我说。

但我知道，她的这份施舍并非出于友善。有人说，苦难使人崇高，其实不然。有时，幸福能让人崇高，但大多数情况下，苦难只会让人心胸狭窄，恶意满满。

18

　　事实上，我到巴黎还不到两周，便遇见了斯特里克兰。

　　很快，我就在达姆斯街的某座房子里租到一套位于六楼的小公寓，又花几百法郎，从二手商那儿买了几件家具，总算安顿了下来。此外，我跟门房商量好，请他每天早晨给我煮咖啡，并打扫房间。然后，我便去看望朋友德克·斯特洛夫。

　　不同性格的人对德克·斯特洛夫的评价也不同：有的一想起他就放肆嘲笑，有的则尴尬地耸耸肩。他天生滑稽，虽是名画家，却实在蹩脚。我在罗马结识他，他的灵魂里始终涌动着对艺术的爱。他画那些终日徘徊在西班牙广场贝尔尼尼式台阶上的模特，大胆描摹他们平淡无奇的美貌。他的画室里，画布上全是留着八字须、戴着尖顶帽的大眼农夫、衣衫褴褛的顽童和衣裙艳丽的女子。画中人有时在教堂门口台阶上闲坐；有时在晴空下的柏木林中嬉戏；有时在文艺复兴风格的喷泉边缠绵；有时则跟在牛车旁，悠闲地穿过坎帕尼亚平原。这些人物画得非常细致，上色也一丝不苟，哪怕照片也无法做到更逼真。一位住在美第奇别墅的画家管他叫"巧克力盒大师"。看过他的画,你会认为莫奈、马奈和其他所有印象派画家都未曾出现。

"我从不假装伟大画家,"他说,"我不是米开朗基罗,不是,但我有自己的东西。我卖画。我把浪漫送进各种人家。你知道吗,不只荷兰、挪威、瑞典和丹麦也有人买我的画。买家大多是商人和有钱的匠人。你无法想象那些国家的冬天有多漫长、黑暗和寒冷。他们喜欢我笔下的意大利,认为那正是他们想象中的意大利。我到这儿之前,也觉得意大利就是那样。"

我觉得,就是这种一直存在于脑中的幻象晃花了他的眼,令他看不见真相。无论现实多么残酷,他眼中的意大利始终是片充满浪漫侠盗和美丽废墟的国家。他画的是自己的理想,这种理想虽然蹩脚、平凡又陈旧,却仍是一种理想,一种赋予他性格独特魅力的理想。

正因如此,我才没跟其他人一样,认为德克·斯特洛夫只是个被嘲弄的对象。同行们从不掩饰对其作品的轻蔑,他却能挣到很多钱。而那些人花起他的钱来,也从不手软。他很慷慨,那些贫困的人一面嘲笑他天真,如此轻易就相信他们编造的悲惨故事,一面又厚颜无耻地找他借钱。虽然感情充沛,但他极易被挑起的情绪里,却包含了某种荒谬的东西,让人接受了他的好意,却生不出感激之情。从他手里拿钱,就跟抢小孩的东西一样,难免不让人因为他太过愚蠢而心生鄙夷。我想,若某个粗心的女人把装着自己所有珠宝的小手提包落在出租马车上,以身手灵巧为傲的扒手肯定会有点儿生气。他生来就成了笑柄，却又并非无知无觉。永无休止的玩笑和捉弄让他苦不堪言。可他又像在主动给他人制造嘲弄他的机会。尽管一直受伤，善良的天性却让他学不会记恨。就算被毒蛇咬了，他也永远不会吸取教训，疼痛刚一消失，就又温柔地将蛇揣进怀里。他的人生就像一出根据喧嚣闹剧写就的悲剧。因为我从不嘲笑他，所以他很感激我，经常把一大串烦恼事倒进我富有同情心的耳朵里。最悲哀的是，那些事荒诞不经，他说得越悲惨，你就越想笑。

他虽然是个糟糕的画家，却有十分敏锐的艺术感受力。跟他去画廊，真是难得的享受。他的感情真挚，点评深刻。身为天主教徒，他不禁由衷地赞赏过去的绘画大师，对现代画家也充满同情。他能迅速发现有才之人，并不吝赞美。我认识的人中，估计判断最中肯的人就是他。他比大多数画家更有学识，并且不像那些人一样，对相关艺术门类知之甚少。而且，他对音乐和文学的喜爱，也让他对绘画的理解深刻而多元。像我这样的年轻人，他的建议和指导真是无价之宝。

离开罗马后，我跟斯特洛夫通信往来。大约每两个月，我就能收到他那满篇奇怪英文的长信。每次读信，我仿佛又清晰地看见了他那副唾沫飞溅、激动莫名、边说边打手势的模样。我出发前往巴黎前不久，他娶了个英国女人，在蒙马特区的一间画室安顿下来。我已经四年没见过他，更是从未见过他妻子。

　　我没告诉斯特洛夫我要来巴黎。按响他画室的门铃后，来开门的正是他本人。一开始，他并没认出我。但紧接着，他便惊喜地大叫一声，把我拉进屋。受到如此热情的欢迎真令人高兴。他妻子正在火炉旁做针线活，看见我进来便起了身。斯特洛夫介绍了我。

　　"你还记得吗？"他对她说，"我经常跟你提起他的。"然后，他转向我，"干吗不告诉我你要来？打算待多久？为何不早一个小时到，跟我们共进晚餐？"

　　他连珠炮似的问了一通，让我坐在椅子上，拍靠垫似的拍着我，又忙不迭地催我抽雪茄、吃蛋糕、喝红酒，一刻也不想让我闲着。家里没有威士忌，他简直心都要碎了，于是想给我煮咖啡。反正，他绞尽脑汁地琢磨还能为我做点什么，满面笑容，乐得每个毛孔都在出汗。

　　"你一点儿没变。"我看着他笑道。

　　他还是我记忆中那副可笑的模样，又胖又矮，一双小短腿。不过，他依然年轻，应该还不到三十，但已经提前秃顶。他的脸非常圆，面色极其红润，白皮肤，双颊和嘴唇都红彤彤的。他的蓝眼睛也很圆，戴了副很大的金边眼镜，眉毛却淡得几乎看不见。看到他，你会想起鲁本斯笔下那些快活的胖商人。

当我告诉他我打算在巴黎待段时间，并且已经租好公寓时，他一个劲儿地责备我为何没早告诉他，说他完全可以帮我找公寓，也会借给我家具，并且帮助我搬进去。他纳闷难道我真花了冤枉钱买家具。因为没给他帮忙的机会，他真觉得我不够朋友。在此期间，斯特洛夫太太一直静静地坐着补袜子。虽然什么话也没说，她却始终带着平和的笑容，聆听丈夫讲话。

"你瞧，我结婚了。"他突然说，"你觉得我太太怎么样？"

他笑容灿烂地看着妻子，扶正鼻梁上的眼镜。汗水老是让它往下滑。

"你到底想让我说什么呢？"我笑了。

"哎呀，德克。"斯特洛夫太太笑着插话道。

"可是，你不觉得她很棒吗？听我说，老兄，别再浪费时间，尽快结婚吧。我现在可是全世界最幸福的男人。瞧瞧她坐在那儿的样子，难道不像一幅画？夏尔丹的画，对不对？这世上最漂亮的女人我都见过了，却从未发现还有谁比德克·斯特洛夫太太更美。"

"德克，你要是再胡说，我可走啦。"

"我的小宝贝。"他用法语说。

她的脸微微泛红，为他语气中的热情而害羞。他曾写信告诉我他很爱妻子，我发现他的眼睛几乎就没离开过她。真不知道她是否也爱他。可怜的小丑，他并非能激起女人爱意的那种人。不过，女人眼中的笑意是真切的，她矜持的外表下，或许真隐藏着很深的感情。虽然并非斯特洛夫在相思幻梦中见到的那种绝色女子，但她自有一种端庄的秀丽。她很高，朴素大方、剪裁得体的灰裙掩盖不住她姣好的身段。相比服装商，她的身材或许对雕塑家更有吸引力。浓密的棕发梳了个简单的发式。她面色十分苍白，五官端正，却并不出众，一双灰眸安静平和。她差点儿就是个美人了，可就是因为差了这一点，她甚至连漂亮都算不上。不过，斯特洛夫提起夏尔丹的画倒并非毫无缘由。说来也怪，她的确让我想起那位伟大画家的不朽名作——那位扎着头巾、系着围裙的家庭主妇。我仿佛看见她沉着地在锅碗瓢盆间忙碌，像完成仪式般操持着家务，让这些日常职责有了道德意义。我并不认为她聪明或有趣，但她的严肃专注中，有某种令人感兴趣的东西。她的矜持不无神秘色彩。真想不通，这样的女人为何会嫁给德克·斯特洛夫。虽然同为英国人，我却完全看不透她，拿不准她到底出身哪个阶级，成长经历如何，或婚前靠什么谋生。她非常沉默，但说起话来，不仅声音好听，举止也很自然。

我问斯特洛夫如今是否还画画。

"画画？我现在比以前任何时候都画得好。"

我们坐在他的画室里，他冲画架上一幅未完成的作品挥了挥手。他正在画几个穿着坎帕尼亚服装的意大利农民懒洋洋地躺在罗马大教堂的台阶上。

"你现在就在画这个呀？"

"嗯。跟在罗马时一样，我在这儿也能找到模特。"

"你难道不觉得这幅画很美吗？"斯特洛夫太太问。

"我这个傻老婆觉得我是伟大的画家。"他说。

他带着歉意的微笑并不能掩饰其内心的喜悦，他的目光也仍在那幅画上流连。说来也怪，评判别人的作品时，他总是那般准确无误、不落俗套，对自己平庸至极、粗俗不堪的作品，却如此沾沾自喜。

"再给他看看你别的画吧。"她说。

"要看吗？"

尽管已经被朋友们嘲笑过很多次，德克·斯特洛夫依然渴望赞美，也很容易天真地沾沾自喜，所以永远无法抗拒向别人展示自己的作品。他拿出一幅画。画面上，两个鬈发意大利顽童正在玩弹子。

"他们多可爱呀，不是吗？"斯特洛夫太太说。

然后，他又给我看了几幅画。我发现，他在巴黎画的画，跟他在罗马画了那么多年的东西毫无区别，还是一样的过时、逼真，完全是缺乏真情实感的拙劣之作。然而，德克·斯特洛夫又是个比任何人都诚实、真诚、坦率的家伙。这样的矛盾，谁能解释得清？

我不知道，当时自己为何鬼使神差地问了一句："对了，你有没有碰巧认识一个叫查尔斯·斯特里克兰的画家？"

"难道你认识他？"斯特洛夫大声问道。

"就是个混蛋。"他妻子说。

斯特洛夫哈哈大笑。

"我的可怜宝贝。"他走过去，吻了吻她的双手，"她不喜欢他。真奇怪，你居然认识斯特里克兰！"

"我不喜欢没礼貌的家伙。"斯特洛夫太太说。

仍哈哈笑着的德克转身向我解释。

"你瞧，有一天，我请他过来看画。他来了。我把所有的画都拿出来给他看。"说到这儿，斯特洛夫不好意思地犹豫了片刻。我不知道他为何要讲这件丢脸的事，还要如此尴尬地讲完。"他看着——看着我的画，什么也没说。我以为他要等看完后才发表意见。最后，我说：'就这么多了！'他才开口道：'我来是想找你借二十法郎。'"

"德克居然把钱借给他了。"他妻子愤愤不平地说。

"我当时很吃惊，可我并不喜欢拒绝。他把钱放进口袋，只是点点头，说了声'谢谢'，就走了。"

德克·斯特洛夫讲述这件事时，那张愚蠢的圆脸一直挂着惊愕又茫然的神色，真是让人很难不笑出来。

"他如果说我的画不好，我也不会在意。可他什么也没说——什么也没说。"

"你还好意思讲，德克。"他妻子说。

可悲的是，谁听了这事，都会觉得相比斯特里克兰对他的粗俗无礼，这个荷兰人扮演的滑稽角色更好笑。

"我永远不想再见到他。"斯特洛夫太太说。

斯特洛夫笑着耸了耸肩，又恢复了往日的好性子。

"事实上，他是个很棒的画家，非常了不起。"

"斯特里克兰？"我惊呼道，"我们说的肯定不是同一个人。"

"一个留着红胡子的大个子。查尔斯·斯特里克兰，英国人。"

"我认识他时，他还没胡子。但如果蓄起来，应该是红色的。我说的这个人，五年前才开始学画。"

"就是他。他是个了不起的艺术家。"

"不可能。"

"我什么时候走过眼？"德克说，"告诉你，他很有天分。我肯定。一百年后，如果还有人记得你和我，那是因为我们认识查尔斯·斯特里克兰。"

我惊讶万分，但也很兴奋，突然想起跟他的最后一次谈话。

"哪儿能看到他的作品？"我问，"他已经成功了吗？现在住哪儿？"

"不，还没有。我想，他一幅画都还没卖出去。要是跟别人谈起他，他们只会哈哈大笑。但我知道，他是个伟大的画家。毕竟，他们不是也笑过马奈嘛。柯罗不也一幅画都没卖出去。虽然不知道他住哪儿，但我可以带你去见他。每天晚上七点，他都会去克利希大道上的一家咖啡馆。你要是愿意，我们明天就去。"

"我不确定他是否还愿意见我。我或许会让他想起一些他宁愿忘掉的事。但不管怎样，我还是去吧。有可能看到他的画吗？"

"在他那儿反正看不到。他什么也不会给你看。我认识的一个

小画商手里有两三幅。但必须由我陪你去，你看不懂的，一定要有我亲自指点。"

"德克，真是受不了你，"斯特洛夫太太说，"他那样对你，你怎么还夸他的画？"她转向我："你知道吗？有些荷兰人来买德克的画，他竟劝他们买斯特里克兰的，还非要把那家伙的画拿出来，展示给他们看。"

"你觉得那些画怎么样？"我笑着问她。

"糟糕透顶。"

"哦，亲爱的，你不懂。"

"哼，你的那些荷兰老乡都气坏了，全以为你在耍他们呢。"

德克·斯特洛夫摘下眼镜擦了擦，通红的脸庞因兴奋而闪闪发光。

"美是世上最宝贵的东西，你怎么会认为它会像沙滩上的石头一样，会被粗心大意的路人随手捡到？美是一种奇妙而怪异的东西，艺术家唯有经历了灵魂的煎熬，才能将其从混沌的世界中塑造出来。而他成功之后，这种美也无法被所有人领会。要想看懂它，你也必须重复艺术家经历过的那段冒险历程。美是艺术家唱给你的旋律，要在心中再听一遍，你需要知识、敏锐的感受力和想象力。"

"德克，我为什么总觉得你的画很美呢？第一次看到时，我就很欣赏。"

斯特洛夫的嘴唇微微颤抖。

"去睡吧，宝贝。我要陪我们的朋友散散步，一会儿就回来。"

20

德克·斯特洛夫答应第二天晚上来接我，带我去斯特里克兰常去的那家咖啡馆。有趣的是，我发现那正是我到巴黎来找他，跟他一起喝过苦艾酒的那家。从未改变这个事实，说明他习惯懒惰。在我看来，这也算他的性格特点之一吧。

"他就在那儿。"我们快走到咖啡馆时，斯特洛夫说。

尽管已是十月，夜晚还是很暖和，人行道上的桌子已经坐满。

我四处张望，却并未看到斯特里克兰。

"瞧，在那儿，角落里。他在下棋呢。"

我注意到一个男人俯身棋盘，却只能瞧见一顶大毡帽和一把红胡子。我们穿过众多桌子，走到他面前。

"斯特里克兰。"

他抬头看了看。

"你好，胖子，你来干什么？"

"我给你带了个老朋友来，他想见你。"

斯特里克兰瞥了我一眼，显然没认出我，目光又回到棋盘上。

"坐下，别吵。"他说。

他走了一步棋，又全神贯注地回到棋局上。可怜的斯特洛夫苦恼地看了我一眼，但我一点儿都没觉得窘迫。我点了杯喝的，静静地等斯特里克兰下完，很欢迎能有这个机会，悠闲地仔细打量他。我真是认不出他了。首先，那把蓬乱的红胡子遮住了大半张脸，他的头发也变长了。但最令人吃惊的变化，是他那极度消瘦的身体。瘦下来后，高高的大鼻子显得愈发傲慢，颧骨更加突出，眼睛似乎也变大了。太阳穴深深地凹下去，他瘦得就像具死尸。他还穿着五年前我见他时的那身衣服。衣服又脏又破，松松垮垮地挂在身上，简直像是别人的。我发现他的手也脏兮兮的，指甲还挺长。那双手就剩骨头和肌腱，显得大而有力。不过，我已经不记得它们之前是否也这么匀称好看。他坐在那儿专心下棋的模样，给我留下了极其深刻的印象，仿佛他体内蕴藏着巨大的力量。不知为何，我觉得消瘦反而令这种印象变得更惊人。

不久，他又走了一步棋，身子往后一靠，好奇地看着对手，目光中透出一种心不在焉的意味。对手是个胖乎乎的大胡子法国人。那人考虑了一下局势，然后突然乐呵呵地咒骂了几句，做了不耐烦的手势，收起棋子，扔进盒子。他肆无忌惮地咒骂斯特里克兰，接着叫来侍者，付完酒水钱，便离开了。斯特洛夫拉着椅子，凑得离桌边更近了些。

"我想，现在咱们可以聊聊了。"他说。斯特里克兰的目光落在他身上，一脸恶狠狠的表情。我觉得他一定想嘲讽几句，却没想好要说什么，于是只得被迫沉默。

"我给你带了个老朋友来，他想见你。"斯特洛夫满脸堆笑地又说了一遍。

斯特里克兰若有所思地盯着我看了将近一分钟。我没说话。

"我这辈子都没见过这个人。"他说。

我不知道他为什么要这样说，因为从他的眼神，我知道他肯定已经认出了我。我可不像前几年那样容易害羞了。

"前几天我才见过你妻子，"我说，"你肯定想听听她的近况吧。"

他短促地笑了一下，眨了眨眼。

"我们曾共度一个愉快的夜晚，"他说，"有多久了？"

"五年。"

他又要了一杯苦艾酒。斯特洛夫滔滔不绝地解释他如何跟我碰面，又怎样恰好发现我们都认识他。我不知道斯特里克兰是否在听。他若有所思地瞥过我一两眼，但大多数时候，似乎都陷在自己的沉思里。要不是斯特洛夫唠叨个没完，这场谈话肯定很难进行下去。半小时后，荷兰人看了看表，说他得回去了，问我要不要一起走。我想，若一个人跟斯特里克兰待一会儿，兴许能掏出点儿什么来。于是，我说我还想坐坐。

胖子走后，我开口道："德克·斯特洛夫认为你是个了不起的画家。"

"见鬼，你以为我会在乎？"

"能看看你的画吗？"

"为什么要给你看？"

"说不定我想买一幅。"

"说不定我一幅都不想卖。"

"你过得还好吧？"我笑着问。

他咯咯地笑了起来。

"我这样子像过得好？"

"像半饥半饱的人。"

"我就是半饥半饱。"

"那我们去吃点儿东西吧。"

"干吗请我吃饭？"

"不是发善心，"我冷冷地说，"你饿没饿死，跟我屁关系都没有。"

他的眼睛又亮了起来。

"那走吧，"他站起来，"我正想好好吃一顿呢。"

21

我让他选了家餐馆，但我在去的路上买了份报纸。他点完菜后，我把报纸架在一瓶圣加尔米尔酒上，读了起来。我们默默地吃着，我能感觉到他时不时就瞅我一眼，但我并未理会。我要逼他先开口。

"报上有什么新闻吗？"这段沉默的晚餐快吃完时，他开口道。

我似乎从他的口气里听出几分恼怒之意。

"我向来喜欢读戏剧专栏。"我说。

我叠起报纸，放到一边。

"这顿饭很不错。"他说。

"咱们就在这儿喝咖啡，怎么样？"

"好。"

我们点燃雪茄。我默默地抽着，发现他挂着兴味十足的浅笑，目光时不时就停留在我身上。我耐心地等待着。

"上次见面后，你都干了什么？"终于，他开口道。

我没多少事可说，几乎一直都在辛勤工作，鲜有什么奇遇，只是往不同方向做些探索，渐渐积累书本知识和人情世故。我故意不问斯特里克兰近年来都在做什么，摆出一副对他完全不感兴趣的样子。最后，我的策略终于奏效，他开始谈论自己。但因为实在没有表达天赋，这段经历被他讲得支离破碎，我只能凭借想象去填补其中空白。我对他的生活很感兴趣，却苦于无法得到更多暗示，着实令我欲罢不能，那感觉就像在读一本残缺不全的手稿。我得到的印象是：他一直在痛苦地跟各种困难做斗争。但我也发现，大多数人觉得很可怕的东西，似乎对他毫无影响。和大多数英国人不同的是，斯特里克兰完全不在乎舒适享乐。哪怕一直住在一间破旧的屋子里，他也不会恼恨厌倦。这人完全不需要周围有什么漂亮陈设。我想，第一次见到他时，他估计完全没注意到那个房间的墙纸有多脏。他不想坐扶手椅，真觉得坐厨房用椅更自在。虽然胃口不错，他却并不关心吃了什么。对他而言，无论吞下什么食物，都是为了平息饥饿引起的疼痛而已。没东西可吃时，他似乎也有忍饥挨饿的本事。我听出他曾靠每天一个面包和一瓶牛奶，过了整整六个月。虽然是个耽于酒色的男人，但他也能对感官享受漠然处之。他认为贫困没什么大不了的，仅凭一股精神就能活下去，这种态度的确有令人钦佩之处。

从伦敦带来的那点儿钱花光后，他并没有垂头丧气。他没卖过画，我想，他估计也不想卖，于是开始寻找别的赚钱途径。他用诙谐的口吻，自嘲地跟我说起有段时间，他曾给那些想见识巴黎夜生活的伦敦东区佬当向导。这活倒挺符合他冷嘲热讽的脾气。不管怎样，他在这座城市名声不太好的几个区也结识了很多人。他告诉我，他曾在玛德琳大道上来来回回走好几个小时，就为碰上几个英国游客（喝过酒的那种更好）。因为，那些人往往很想去看看法律禁止的活动。运气好的话，他还能赚上一笔。不过，他那身破衣服终究还是吓跑了观光客，最后再也找不到敢冒险将自己托付给他的人。后来，因为一个偶然的机会，他找到一份翻译专利药品广告的工作。译好的广告会通过广播，向英国医药行业播出。在一次罢工中，他还受雇当过房屋油漆工。

在此期间，他从未停止艺术创作，只是很快便厌倦了画室，转为独自作画。他还没穷到买不起画布和颜料的地步，而别的东西他真的不需要。据我所知，因为不愿接受任何人的帮助，他在绘画过程中遇到了很大的困难。独自摸索解决技巧难题的方法，浪费了他很多时间。其实，那些问题前辈们早已一一解决。他在追求某种东西，某种我不明白、或许他自己也不明白的东西。从前，我就觉得这个男人被什么东西附了身，如今这种感觉更加强烈。他的心智似乎不太正常。我觉得，他不愿展示自己的画，是因为他其实对那些画根本不感兴趣。他生活在梦中，现实对他而言毫无意义。我觉得，创作时，他将自己强烈的个性全部倾注在一张画布上，对周围的一切置若罔闻，只全神贯注地描绘心灵之眼看见的东西。但这个过程结束时，画或许并未画完。因为，我觉得他很少能画完一幅画。点燃全身的那股热情消失后，他也会对画完全失去兴趣。他从未对自己的作品感到满意。对他来说，跟萦绕脑中的那些幻象相比，那些画着实微不足道。

"你为何从不把画拿去参展？"我问他，"我还以为，你愿意听听人们的评价。"

"你愿意吗？"

他说这几个字时的鄙夷神情，我真是无法形容。

"你难道不想出名？大多数画家对此都没法无动于衷。"

"幼稚。如果你连某一个人的看法都不在乎，又怎么会在乎一群人的意见？"

"并非所有人都是理性动物。"我笑着说。

"成名的都是哪些人？评论家，作家，股票经纪人，女人。"

"想想那些素昧平生的人看了你亲手绘制的作品后有所触动，或心泛涟漪，或激情澎湃，你难道不开心吗？每个人都喜欢权力。要论行使权力的方式，打动人心，让人们产生或怜悯或恐惧的情绪，还有什么方式能比这更美妙？"

"闹剧。"

"那你为何还介意画得好不好？"

"我没记忆。我只想把看到的东西画下来。"

"若只能在荒岛上写作，确定除自己之外，再无人看到我的作品，真不知道我还写不写得下去。"

斯特里克兰很长时间都没说话，眼里却闪着奇异的光芒，仿佛看见了什么点燃他灵魂、使其陷入狂喜的东西。

"有时，我就想到茫茫大海上的一座孤岛上去。我可以住进某

个隐秘的山谷，周围都是奇异的树木，一片寂静。我想，我或许能
在那儿找到想要的东西。"

这并非他的原话，他用的是手势，并非形容词，而且还说得
结结巴巴。等他停下，我才用自己的语言，讲述了他想说的话。

"回顾过去的五年，你认为值得吗？"我问他。

他看着我。我明白他没听懂我的意思，便解释道："你放弃舒
适的家庭和普通人的幸福生活。你原本生活优渥，在巴黎却似乎穷
困潦倒。若能重来一次，你还会这么做吗？"

"会。"

"你知道吗？你一直没问起你的妻子和孩子。你从来没想过他
们吗？"

"没。"

"能别这么混蛋，老一个字一个字地往外蹦吗！给他们带来这
么大的不幸，你难道从没后悔过？"

他咧嘴笑了一下，摇摇头。

"我还以为，你有时也会忍不住想起过去。我指的不是七八年
前，而是更早以前。初次邂逅你妻子，爱上她，娶了她那会儿。你
难道忘了第一次拥她入怀的喜悦？"

"我不想过去。唯一重要的，只有永恒的现在。"

这句回答让我思索了片刻。尽管或许晦涩难懂，但我想，我
还是隐约明白了他的意思。

"你快乐吗？"我问。

"嗯。"

我沉默了，若有所思地望着他。他也盯着我，但眼里很快就亮起嘲讽之光。

"恐怕你并不喜欢我？"

"胡说，"我立马道，"我并不讨厌王蛇①。恰恰相反，我对它的心理活动很有兴趣。"

"这么说，你纯粹是从职业角度，才对我感兴趣？"

"是啊。"

"这就对了，你是不应该讨厌我。你的性格也很讨厌。"

"或许正因为如此，我们才投缘。"

他干巴巴地笑了笑，什么也没说。真希望我知道如何形容这个笑容。不知道这笑容算不算迷人，但它的确点亮了他的脸，令其一改平日的忧郁，带上了一种称不上是恶意的表情。那是一个缓慢展开的笑容，从眼睛开始，也在眼里结束，看起来颇有几分耽于酒色之意，却既不残暴，也不温和，让人想起萨梯②那种兽性的欢愉。正是这个微笑，让我开口问道："到巴黎后，你谈过恋爱吗？"

"我没时间做那种蠢事。人生短暂，不够时间既谈恋爱，又搞艺术。"

"你这模样可不像隐士。"

"那种事让我恶心。"

---

① 译者注：一种蟒蛇。
② 译者注：森林之神，具人形而有羊的尾、耳、角等，性嗜嬉戏，好色。

"人之天性真是种负累，不是吗？"我说。

"你干吗取笑我？"

"因为我不相信你。"

"那你就是个该死的蠢货。"

我住了口，探究地望着他。

"骗我有什么好处？"我说。

"我不知道你想说什么。"

我笑了。

"那让我来告诉你吧。我猜，你有时一连数月都想不起那件事，于是说服自己，你已经永远摆脱它。你为获得自由欢欣雀跃，觉得你终于可以主宰自己的灵魂，仿佛能在群星中漫步。然后，你突然再也忍受不住，这才发现自己的双脚其实一直都在淤泥里行走。你想，索性就在泥地里打滚，于是找了个女人，一个粗鄙下贱、俗不可耐的女人，一个令人厌恶的荡妇。你像野兽一样扑到她身上。事后，你拼命喝酒，直喝到被怒火冲昏头脑。"

他一动不动地盯着我，我也直勾勾地望着他，非常缓慢地说："我现在跟你说的这件事或许看起来奇怪，结束后却能让你觉得无比纯洁。你会有种灵魂出窍、摆脱肉身之感。美似乎成了摸得到的实体，仿佛你一伸手，就能碰到它。你觉得自己能跟微风、冒出叶子的树木，以及波光潋滟的河流亲密交谈。你觉得自己就是上帝。你能给我解释一下，这是怎么回事吗？"

他一直盯着我，直到我说完，才转向一边。他脸上现出一种奇怪的神情。我想，一个被折磨致死的人，或许就会现出这种神情。他一言不发。我知道，我们的谈话结束了。

22

我在巴黎安顿下来，开始写一个剧本。我的生活很有规律，上午写作，下午不是在卢森堡公园闲逛，就是去街上走走。我把大量的时间都消磨在了卢浮宫。那儿真是气氛最友好，也最适合冥想的画廊。有时，我也去码头漫步，或翻翻压根不打算买的二手书。就这么东读一页，西读一页，我也认识了不少作家。对这些人有点零星认识，我已经很满足。晚上就访友。我经常去斯特洛夫家，有时会跟他们吃一顿便饭。德克·斯特洛夫自诩很会做意大利菜。我承认，他做意面的确比画画好得多。当他端上一大盘配有鲜美西红柿的意大利面时，我们就着自家做的香甜面包和红葡萄酒大快朵颐，那滋味简直堪比享受皇家盛宴。我跟布兰奇·斯特洛夫渐渐亲密起来。我想，她应该很高兴见到我，因为我是英国人，而她在这儿认识的英国人并不多。她性格单纯，很讨人喜欢，但总是不大说话。不知怎的，我总觉得她似乎在隐藏什么。但我也想过，她或许就是天生拘谨。而她饶舌又坦率的丈夫，更加深了我的这种印象。斯特洛夫什么都藏不住，甚至会下意识地跟你讨论最私密的事。有时，他会让妻子很尴尬。但她因此而狼狈不堪的样子，我只见过一回。那次，斯特洛夫非拉着我说他服了泻药，还把各种细节讲得活灵活现。看他一本正经地描述这件倒霉事，我乐得哈哈大笑，结果让斯特洛夫太太更恼火了。

"你似乎很喜欢让自己出丑啊。"她说。

见她生气，他的圆眼睛瞪得更圆了，眉毛却沮丧地皱了起来。

"亲爱的，我惹你生气啦？那我再也不吃泻药了。都是因为火气太大，久坐不动，缺乏锻炼。我都三天没有……"

"天哪，住嘴！"她打断他，气得眼泪都要流出来了。

他垮下脸，像个挨了训的孩子一样噘起嘴，冲我使了个恳求的眼色，希望我能帮他解围。可我实在没忍住，笑得浑身颤抖。

一天，我们去拜访一位画商。斯特洛夫认为，那儿至少有两三幅斯特里克兰的画。可到那儿后，我们却得知斯特里克兰已经把画拿回去了。画商也不知道原因。

"不过，千万别以为我会为此而生气。我收下他的画，完全是为了帮斯特洛夫先生的忙。我虽然说过尽量卖，但其实——"他耸了耸肩，"我虽然对年轻人有兴趣，但您瞧，斯特洛夫先生，他们当中没什么有天赋的人。"

"我以名誉担保，当代所有画家，没有一人比他更有天赋。相信我，你错过了一笔大买卖。总有一天，那些画会比你店里所有画加起来更值钱。记得莫奈吧？当年，他的画一百法郎没人买，可现在值多少钱？"

"的确如此。但当年至少有上百个画得跟莫奈一样好，却还是卖不出作品的画家。如今，那些人的画依旧不值钱。这种事谁说得准？画得好就一定能成功吗？千万别信这个！再说，您那位朋友到底画得好不好，还有待证明呢。除了斯特洛夫先生，没人夸过那家伙。"

"那好，怎样才能证明画得好？"斯特洛夫气得满脸通红。

"只有一个办法——出名。"

"庸人！"德克大声说道。

"想想过去那些伟大的艺术家——拉斐尔、米开朗基罗、安格尔、德拉克洛瓦，哪个不是大名鼎鼎。"

"走吧，"斯特洛夫对我说，"不然，我真会宰了这家伙。"

23

　　我跟斯特里克兰经常见面，偶尔还会一起下下棋。他的脾气时好时坏。有时，他默默坐着，一副心不在焉的样子，谁也不搭理。有时心情好，他又会结结巴巴地跟人聊天。尽管向来都说不出什么机灵话，他惯于恶毒讽刺的风格，倒也不会毫无效果。反正，他总能把所思所想精确地表达出来。他不在乎他人敏感的神经，若能刺伤旁人，他反倒觉得有趣。德克·斯特洛夫经常被接连讽刺，气得扭头就走，发誓再也不跟他说话。然而，斯特里克兰身上就是有种实实在在的力量，总能吸引这个荷兰胖子不可抗拒地回来，像只笨拙的小狗一样摇尾乞怜，哪怕知道迎接自己的仍是当头一棒。

　　不知为何，斯特里克兰能容忍我。我们的关系很奇特。一天，他向我借五十法郎。

　　"真是做梦也想不到啊。"我说。

　　"为什么？"

　　"我觉得这事不好玩。"

　　"要知道，我手头很紧。"

"关我什么事。"

"我饿死你也不管吗？"

"我到底为什么要管？"我反问。

他盯着我看了一两分钟，扯了扯乱糟糟的胡子。我冲他笑了笑。

"你笑什么？"他说，眼里闪过一丝愠怒。

"你可真单纯。你既然不承担义务，那也别指望别人对你有义务。"

"我如果因为交不起房租被扫地出门，走投无路上了吊，你也不会良心不安吗？"

"一点儿也不。"

他咯咯地笑了起来。

"吹牛，我要真上了吊，你肯定后悔死。"

"那你试试看。"

他眼里闪过一丝笑意，默默搅着苦艾酒。

"想不想下棋？"我问。

"随便。"

我们开始摆棋。摆好后，他平静地望着棋盘。看到自己的兵马整装待发，就要上阵厮杀时，总归会生出一种满足感。

"你真以为我会借钱给你吗？"我问他。

"我不明白你为何不借。"

"你真让我吃惊。"

"为什么？"

"发现你内心其实充满柔情，还挺让人失望的。你若没这么单纯地恳求我同情，我应该会更喜欢你。"

"你要是被打动，我真会鄙视你。"他答道。

"这样更好。"我笑了。

我们开始下棋，双方都下得很专心。一局结束后，我对他说："听着，你要真手头紧，就让我看看你的画。要是有喜欢的，我就买了。"

"见鬼。"他说。

他起身要走，我拦住了他。

"你还没有付酒钱呢。"我笑着说。

他骂了我几句，扔下钱走了。

此后，我又好几天都没见到他。但一天晚上，我正坐在咖啡馆看报纸，斯特里克兰走了进来，坐到我旁边。

"你还没上吊啊。"我说。

"没。我接到活了，正在给一个退休的水管工画像①，可以挣两百法郎。"

"怎么找到这个活的？"

"卖给我面包的那个女人推荐的。水管工跟她说，他想找个人给自己画像。我得给那女人二十法郎介绍费。"

---

① 作者注：这幅画之前在里尔一个富裕的制造商手里。德军快打到里尔时，这人逃出城。如今，这幅画收藏在斯德哥尔摩国家美术馆。瑞典人很擅长这种浑水摸鱼的把戏。

"那人长什么样？"

"令人非常满意。一张大红脸像羊腿一样，右边脸颊上有颗带长毛的大黑痣。"

斯特里克兰这天心情很好，德克·斯特洛夫进来跟我们坐在一起后，他又开始大肆取笑他。我从未料到他竟有如此本领，总能戳中这个可怜荷兰人最敏感的痛处。斯特里克兰挥舞的不是讽刺长剑，而是辱骂的大头短棒。这没来由的袭击让斯特洛夫猝不及防，完全没有招架之力。他就像一只受惊的绵羊，慌不择路地四处乱窜，惊恐万状，终究还是落下泪来。最糟糕的是：虽然你很讨厌斯特里克兰，认为眼下的场景非常糟糕，但你就是忍不住想笑。有些倒霉鬼哪怕最真情流露的时候，也会显得滑稽可笑。德克·斯特洛夫就是这样一个倒霉鬼。

尽管如此，回想在巴黎度过的那个冬天，德克·斯特洛夫给我留下的回忆是最愉快的。他的小家有种非常迷人的魅力。他和妻子构成的那幅画面，让人一想起就觉得舒适快意。而他对妻子单纯的爱恋，也让人感觉到一种从容的优雅。虽然一直滑稽可笑，他那份真切的热情，却能激起他人的同情。我能理解妻子对他的感觉，也很高兴她的爱如此温柔。她要是有幽默感，看到丈夫对自己敬若神明、盲目崇拜的样子，定会忍俊不禁。斯特洛夫是忠贞不渝的爱人，哪怕她渐渐老去，失去丰满的身段和秀丽的面庞，在他眼中却永远都不会变。对他来说，她永远是世界上最美丽的女人。他们井然有序的生活给人一种愉悦的优雅感。他们只有一间画室、一个卧室和一个很小的厨房。斯特洛夫太太包揽所有的家务。德克埋头创作他那些拙劣的画时，她就买菜做饭、缝补衣裳，像勤劳的蚂蚁一样忙碌一整天。晚上，她坐在画室里继续缝缝补补，德克则演奏几首在我看来她应该完全听不懂的曲子。他弹得很有味道，但总是投入过多感情。他把自己诚实、多情而热烈的灵魂全部灌注其中。

他们自得其乐的生活宛如一曲田园牧歌，最终实现了一种独特的美。而德克·斯特洛夫做每件事都无法摆脱的荒诞之感，就像一个无法调整的不和谐音，虽给这首牧歌平添了一段怪异的旋律，却又以某种方式，令其显得更现代，也更有人情味。这也好比在严肃场合中插入一个粗俗的笑话，让美好的一切变得更加浓烈。

快到圣诞节时，德克·斯特洛夫来请我跟他们一起过节。独特的个性总让他在这天多愁善感，希望能跟朋友们以适当的仪式共同度过。我俩都两三个星期没见过斯特里克兰了——我是因为忙着招待几个到巴黎短暂停留的朋友，斯特洛夫则因为跟他大吵了一架，吵得比平日都凶，决定跟他老死不相往来。斯特里克兰简直不可理喻，斯特洛夫发誓再也不理他了。可圣诞季的温馨气氛又打动了他，让他一想到斯特里克兰要独自过节，就于心不忍。将心比心地考虑了一番后，他实在无法忍受在这样的日子里抛弃老朋友，让这位孤独的画家形单影只地兀自哀伤。斯特洛夫在画室布置好了一棵圣诞树，我猜，大家都能在喜庆的树枝上找到滑稽的小礼物。然而，要再去找斯特里克兰，他还是有点儿不好意思。如此轻易地原谅那般无礼的羞辱，实在有点儿丢人。于是，尽管已经决定和解，他还是希望我也能在场。

我们一起走上克利希大道，斯特里克兰却不在那家咖啡馆。天气太冷，在外面简直坐不住，我们坐到了屋里的皮凳上。室内又热又闷，空气里弥漫着灰色的烟雾。斯特里克兰虽然没来，但不一会儿，我们就瞧见那个偶尔跟他下棋的法国画家。我跟他也算略有交情，于是他坐到了我们这桌。斯特洛夫问他有没有见到斯特里克兰。

"他病了，"他说，"你不知道？"

"严重吗？"

"我听说很严重。"

斯特洛夫的脸一下白了。

"他为什么不写信告诉我？太蠢了，我居然跟他吵架。我们必须马上去看他。他连个照顾的人都没有。他住哪儿？"

"我不知道。"那个法国人说。

我们发现，三个人谁也不知道如何才能找到他。斯特洛夫越来越担心。

"他说不定会死，而且还没人知道。真可怕！我简直想想都受不了。我们必须立刻找到他。"

我努力让斯特洛夫明白，在偌大的巴黎漫无目的地找人，简直是大海捞针。我们得先有计划。

"嗯。但也许就在我们做计划的时候，他马上就要咽气了。等我们赶到，说不定一切都太迟了。"

"安安静静地坐好，我们好好想想。"我不耐烦地说。

我只知道比利时酒店那一个地址。但斯特里克兰早已搬走，那儿的人应该也不记得他了。脑子里有那样的怪念头，他多半也不愿意透露行踪，断不会在离开时告诉别人自己要搬去哪儿。况且，那都是五年前的事了。不过，他若跟住在比利时酒店一样，继续经常光顾同一家咖啡馆，这家咖啡馆很可能就是最便利的一家。我突然想起，他曾通过面包店店主，得到给人画像的活。说不定，我们可以去那家面包店找到他的地址。我叫人拿来通讯录，开始查找面包店店主的电话。附近有五家面包店，唯一的做法便是逐一上门了。

斯特洛夫不情不愿地跟了上来。他原本计划走遍与克利希大道相通的每条街，挨家挨户地问斯特里克兰住没住在那儿。但到头来，还是我这个平平常常的计划管用。因为才走到第二家店，柜台后的那个女人就说她认识斯特里克兰。虽然并不确定具体位置，但他肯定住在街对面那三栋楼中的一栋里。我们运气不错，第一栋楼的门房就告诉我们，可以在顶楼找到他。

"他好像病了。"斯特洛夫说。

"可能是吧，"门房漠不关心地应道，"反正，我已经好几天没看见他了。"

斯特洛夫先我一步，朝楼上跑去。我爬上顶楼时，他已经敲开了一家人的门，正跟一个只穿着衬衫的工人说话。那人指了指另一扇门，说他想住在里面的人应该是个画家，但他已经一星期没见着他了。斯特洛夫正准备上前敲门，却突然转过身来，向我做了一个无助的手势。我发现他惊恐万分。

"他不会死了吧？"

"不会的。"我说。

我敲了敲门，没回应。我试了试把手，发现门没锁。我走了进去，斯特洛夫也跟了上来。屋里黑乎乎的，我只能隐隐看出这儿是阁楼，有片倾斜的屋顶。从天窗射进来的微光并未比这深浓的暗色亮多少。

"斯特里克兰。"我喊了一声。

没人应声。真是太奇怪了。就站在我后面的斯特洛夫似乎浑身都在颤抖。一时间，我竟犹豫不决，不知道要不要划亮火柴。隐隐可见墙角有张床，真不知道有了亮光，会不会发现那儿躺着具尸体。

"连火柴都没有吗，你这个傻瓜？"

斯特里克兰刺耳的声音突然从黑暗中传来，吓了我一跳。

斯特洛夫惊叫起来。

"噢，天哪，我还以为你死了。"

我划亮一根火柴，四处寻找蜡烛。匆匆一瞥，我才发现这真是个小房间，一半做卧室，一半做画室，只有一张床、几张面朝墙壁的画布、一个画架、一张桌子和一把椅子。地上没有地毯，屋里也没有火炉。在堆满颜料、调色刀和各种杂物的桌上，我找到一截蜡烛头点燃了。斯特里克兰躺在床上。床太小，他躺得很不舒服。为了保暖，他把所有衣服都盖到了身上。一眼便能看出，这人正在发高烧。斯特洛夫走到床边，激动得嗓子都哑了。

"噢，可怜的朋友，你怎么啦？我不知道你生病了。怎么都不告诉我一声？要知道，为了你，我什么都可以做。你还想着我说过的话吗？我不是有心的。我错了。我真不该生你的气。"

"见鬼去吧。"斯特里克兰说。

"好啦，讲讲理吧。我来帮你躺得舒服点儿。没有人照顾你吗？"

他沮丧地扫了一眼脏兮兮的阁楼，努力将他盖在身上的那些东西整理了一下。斯特里克兰呼吸很吃力，气呼呼地一言不发，只愤怒地瞥了我一眼。我相当安静地站在一旁看着他。

"你们要真想为我做点事儿，就去给我买些牛奶吧。"终于，他开口道，"我已经两天出不了门了。"

床边有个空牛奶瓶，一张报纸上还有点儿面包屑。

"你都吃的什么？"我问。

"什么也没吃。"

"多久了？"斯特洛夫嚷道，"你是说，你整整两天没吃没喝？太可怕了！"

"我喝水了。"

他看向一个伸手就能够到的大罐子，目光在上面停留了一会儿。

"我马上去，"斯特洛夫说，"还想要什么别的吗？"

我建议给他买一支温度计，再买点儿葡萄和面包。斯特洛夫很高兴自己能帮上忙，噔噔噔地下楼去了。

"该死的傻瓜。"斯特里克兰嘟囔着。

我摸了摸他的脉搏，又快又虚弱。我问了他一两个问题，他

却没回答。我继续追问，他干脆气呼呼地把脸转向墙壁。除了默默等待，无事可做。不到十分钟，斯特洛夫便气喘吁吁地回来了。除我提到的以外，他还买了蜡烛、肉汁和酒精灯。

他可真是个能干的小矮子，一刻都不耽误，立马开始做牛奶面包。我替斯特里克兰量了体温，华氏一百零四度。他果然病得很重。

25

没过多久，我们便离开了。德克要回家吃晚饭，我提议找个医生，给斯特里克兰看看病。但是从闷热的阁楼走到空气清新的街上，这个荷兰人又求我赶紧跟他去一趟画室。他心里有事，却不肯告诉我，只是坚持说我非常有必要同去。想着该做的我们都做了，就算医生立马就到，也没什么别的事可做，我便同意了。一到他家，就见布兰奇·斯特洛夫在布置餐桌，准备吃晚饭。德克走过去，握住她的双手。

"亲爱的，我求你件事。"他说。

她望着他，表情愉悦又庄重，这正是她的迷人之处。斯特洛夫涨红的脸冒出了亮闪闪的汗珠，焦虑的神情显得有点滑稽，那双惊异的圆眼睛却闪着热切的光芒。

"斯特里克兰病得很重，就快死了。他一个人住在一间肮脏的阁楼里，没人照顾。求求你，让我把他接过来吧。"

她飞快地缩回手，我从来没见过她动作如此迅速。她的脸也一下子红了。

"噢，不行。"

"噢，亲爱的，别反对啊。我不忍心把他留在那儿，一想到他，我连觉都睡不着。"

"我不反对你去照顾他。"

她的声音冰冷又疏远。

"可他会死的。"

"那让他死好了。"

斯特洛夫轻轻叹了口气，擦了擦脸，转身向我求救，我却不知道该说什么。

"他是个伟大的画家。"

"关我什么事？我讨厌他。"

"哦，亲爱的，宝贝儿，这肯定不是你的本意。求求你，让我把他接过来吧。我们可以让他好过些，或许还能救他一命。他不会麻烦你的，什么事都由我来做。就在画室给他支张床。我们不能让他像狗一样死掉，太没人性了。"

"他干吗不去医院？"

"医院！他需要充满爱意的手照顾。必须有人无微不至地关怀他。"

她情绪如此激动，我真是有些吃惊。虽然继续布置餐桌，她的双手却在颤抖。

"我懒得理你。想想看，你要是病了，他会动一根手指头来照顾你吗？"

"那有什么关系？我有你照顾啊。没那个必要。再说了，我不一样，我没那么重要。"

"你还不如一只杂种狗有骨气，就知道躺在地上，任人踩踏。"

斯特洛夫轻笑了几声，以为自己已经明白妻子如此态度的原因。

"噢，可怜的宝贝，你还在想那次他来看我画的事呀。他要是觉得那些画不好，也没什么关系啊。是我太蠢，不该给他看那些。我敢说，那些画的确不太好。"

他悲哀地扫了一圈画室，画架上有幅未完成的画：一个意大利农夫微笑着把一串葡萄举在一个黑眼睛女孩的头上。

"就算不喜欢，他也不该没礼貌，更没必要侮辱你。他摆明了瞧不起你，你却还要去舔他的手。噢，我真讨厌那家伙。"

"小宝贝，他有天赋。不要认为我会相信自己也有。我倒希望自己有呢。我只要看上一眼，就知道一个人有没有天赋。我全心全意地尊敬天赋。这虽然是全世界最美妙的东西，但对拥有者来说是巨大的负担。对这种人，我们要非常宽容，非常耐心。"

我站到一旁，被这样的家庭场景弄得有些尴尬，真不知道斯特洛夫干吗非让我一起来。我看见他妻子都快哭了。

"但我求你让我把他接过来，不仅仅因为他是天才，还因为他是个人，一个贫困的病人。"

"我永远不会让他进我的家门——永远。"

斯特洛夫转向我。

"告诉她，这是生死攸关的大事。绝不能把他丢在那个悲惨的地方不管。"

"让他过来养病当然更好，"我说，"但这显然很不方便。我想，还是找个人日夜照顾他吧。"

"亲爱的，你不是那种怕麻烦的人啊。"

"他要是来，我就走。"斯特洛夫太太激动地说。

"我简直不认识你了。你向来都是那么善良友好的呀。"

"哦，看在上帝的份上，别说了。你快把我逼疯了。"

她的眼泪终于流了下来，整个人跌坐在椅子上，用双手捂住了脸，肩膀不住地抽搐着。德克立刻跪到她身边，抱住她连连亲吻，用各种亲密的爱称唤她，自己也很容易就落下泪来。过了一会儿，她挣脱他的怀抱，擦干眼泪。

"让我单独待一会儿。"她情绪已经缓和下来，随后还转头看向我，努力挤出一个微笑，"不知道你会怎么看我呀。"

斯特洛夫困惑地望着她，有些犹豫了。

他额头全皱了起来，噘着红通通的嘴巴。这让我很奇怪地想到了狂躁不安的豚鼠。

"亲爱的，还是不行吗？"终于，他开口道。

她没精打采地摆了摆手，一副筋疲力尽的模样。

"画室是你的。一切都是你的。你要真想把他带进来，我怎么拦得住？"

斯特洛夫圆圆的脸上顿时绽开笑容。

"这么说你答应了？我就知道你会答应的。噢，我的宝贝。"

可她突然又振作起来，用一双憔悴的眼睛望着他，双手交叠在胸前，仿佛难以忍受心脏的跳动。

"噢，德克，自从我们认识以来，我还从没求过你什么事。"

"你知道的，我愿意为你做任何事。"

"那我求你，别把斯特里克兰带回家。你带任何人来都行：小偷、酒鬼，任何一个流浪街头的人都行。我保证，我乐意为他们做任何事。但我求你，别把斯特里克兰带回来。"

"但这是为什么呢？"

"我怕他。我也不知道为什么，但他身上有种东西让我很害怕。他会给我们带来巨大的伤害。我知道。我感觉到了。你要是把他带来，肯定不会有好结果。"

"这话完全没道理啊！"

"不，不，我知道我是对的。我们会遭遇非常可怕的事。"

"因为我们做了好事？"

她开始喘气，脸上现出莫名的恐惧。我不知道她想到了什么，但能感觉到她被一种无形的恐惧攫住，完全无法自制。她向来都非常镇定，此刻这种激动不安的模样，着实令人吃惊。斯特洛夫惊愕又困惑地盯着她看了一会儿。

"你是我妻子，对我来说比世界上任何人都重要。没有征得你的完全同意，谁也不能到这儿来。"

她闭目片刻，我还以为她马上就要晕倒。我对她有些不耐烦了，真没想到她是如此神经质的女人。然后，我又听到斯特洛夫的声音。这声音似乎奇怪地打破了沉默。

"你难道不曾身陷悲惨的境地，被好心相助的人拉出来？你知道这有怎样的意义。你难道不愿在有机会时，也帮别人一把吗？"

这话真是再平常不过，甚至还不乏忠告之意，听得我差点儿笑出声。但布兰奇·斯特洛夫的反应让我大吃一惊。她有些愕然，盯着丈夫看了很久。斯特洛夫则紧紧盯着地面，我不知道他为何显得尴尬。布兰奇的脸先是泛起一抹淡淡的红晕，然后开始变白——不止白，还白得吓人。你会觉得血液似乎从她体表退走，甚至双手都变得一片苍白。她浑身颤抖，画室中的寂静仿佛化为实体，几乎伸手就能碰到。我困惑极了。

"德克，把斯特里克兰接来吧。我会尽力照顾他。"

"我的宝贝。"他笑了。

他想拥抱她，她却躲开了。

"德克，别当着外人的面这么亲热，"她说，"让人家笑话。"

她的举止已经恢复正常，谁都无法看出，不久前她还那样激动。

　　第二天，我们就去给斯特里克兰搬家。要说服他，你需要极大的毅力，更需要耐心。不过，他实在病得厉害，对斯特洛夫的恳求和我的坚持，都做不出什么有效的抵抗。我们为他穿好衣服，在他有气无力的咒骂声中，扶着他下楼、上马车，最终来到斯特洛夫的画室。到达目的地时，他已筋疲力尽，一句话没说，任由我们将他放到床上。他病了六个星期，一度就像只能再活几小时似的。我坚信，全靠这个荷兰人的坚持不懈，他才挺过难关。我从没见过比他更难伺候的病人。倒不是说他难以讨好、吹毛求疵，恰恰相反，他从不抱怨，也不提要求，相当沉默。但他似乎很讨厌别人的关心，谁要是问他感觉如何或需要什么，他不是冷嘲热讽，就是破口大骂。我觉得这人真是讨厌，所以他已脱离危险，我就毫不犹豫地把自己的感受告诉了他。

　　"去死吧。"他只回了这么一句。

　　德克·斯特洛夫完全放下工作，亲切温柔且富有同情心地照料斯特里克兰。他手脚麻利，把病人伺候得舒舒服服。我真没想到，他还有法子哄那家伙吃下医生开的药。斯特洛夫什么都不嫌麻烦。尽管收入只够维持自己和妻子的生活，根本没钱可以浪费，他却恣意购买昂贵反季的美味，就因为那些东西或许能迎合斯特里克兰变化无常的胃口。我怎么也忘不了，他在劝斯特里克兰补充营养时，是多么有技巧，有耐心。无论对方如何无礼，他都从不发火；如果斯特里克兰只是阴沉着脸，他便假装没看到；如果那家伙咄咄逼人，他就呵呵一笑。斯特里克兰有一定好转，心情不错，愿意嘲笑他来取乐时，他就故意做些滑稽的举动，给对方更多嘲弄自己的理由。然后，他还会开心地朝我递几个眼色，让我瞧瞧病人的情况已经大有好转。斯特洛夫真令人肃然起敬。

但最让我吃惊的是布兰奇。她用行动证明，她不仅能干，还是个尽职尽责的护士。你完全想不起，她曾那般激烈地与丈夫抗争，不让他把斯特里克兰接进画室。病人需要各种照顾，她执意要分担一部分任务。她给病人整理床铺，连换床单都能尽量做到不打扰他。她还帮他擦洗身体。我夸她非常能干，她也只像平常那样淡淡一笑，说自己曾在医院工作过一段时间。总之，谁都看不出她曾经那样讨厌斯特里克兰。虽然很少跟他说话，她却很快便能猜到他的需求。有两个星期，斯特里克兰需要整夜看护，她就和丈夫轮流照料。真不知道，那些守在病床边的漫漫长夜里她都在想什么。斯特里克兰卧床期间的模样很奇怪，比以前更瘦，一脸乱蓬蓬的红胡子，因为生病显得更大的双眼狂乱而茫然，格外闪亮。

"夜里他跟你说过话吗？"有一次我问她。

"从来不讲。"

"你还像从前那样讨厌他吗？"

"真要说的话，更讨厌了。"

她用那双平静的灰眸看着我，表情如此温和，若非曾经亲眼目睹，我真难相信她曾那般大动肝火。

"你为他做了这么多，他感谢过你吗？"

"没有。"她笑了。

"真没人性。"

"可恶至极。"

她当然让斯特洛夫很高兴。如此全心全意地挑起他那副重担，斯特洛夫简直不知道如何表达自己的感激。不过，布兰奇和斯特里克兰对待彼此的方式，又让他有些困惑。

"你知道吗，我看到两人坐在一起几个小时，却一个字也不说。"

斯特里克兰的身体大有好转，再过一两天就能下床时，有次我跟他们一起坐在画室里。德克跟我聊天，斯特洛夫太太则在做针线活。我想，她缝补的那件衬衣是斯特里克兰的。斯特里克兰仰面躺着，一句话也不说。又一次，我发现他直勾勾地盯着布兰奇·斯特洛夫，眼里满是怪异的嘲讽之色。感觉到前者的目光，布兰奇抬起眼睛，两人就那样互相凝视了片刻。我没太看懂她的表情。她的眼神有种奇怪的困惑，或许也可以说是——惊恐。但为什么呢？很快，斯特里克兰移开了目光，懒洋洋地打量起天花板。可她依旧盯着他，脸上的神情更加琢磨不透。

几天后，斯特里克兰可以下床了。他瘦得只剩皮包骨头，衣服松松垮垮，就像盖在稻草人身上的破布。又脏又乱的胡子，长长的头发，再加上他本就比常人大、病后更显突兀的五官，让他整个人看起来格外醒目。但因为太过古怪，所以反而显得没以前那么丑了。这副粗笨的模样，竟透着某种庄严气派。我不知道如何准确描述他给我的印象。虽然他肉体的遮蔽几近透明，他身上最显而易见的部分却不是精神，而是他脸上那种肆无忌惮的肉欲。尽管这话听起来很蠢，但他那种肉欲又离奇地透着灵性。他身上有种原始的力量。希腊人曾用如萨梯和法恩①等半人半兽的形象，来象征某些神秘的自然力量。斯特里克兰似乎就拥有这种力量。我想到玛耳绪阿斯。就因为胆敢与大神阿波罗比赛奏乐，就被大神剥掉了皮。斯特里克兰心中似乎蕴藏着奇特的和谐之音与无人探索过的构图。我预感，他一定会饱受折磨，绝望而终。我再次觉得他是被魔鬼附身了。可又不能说这是邪恶的魔鬼，因为那是善恶未分前，就已经存在的原始力量。

他依然虚弱得无力画画，所以只是默默地坐在画室，不在做只有老天才知道的白日梦，就是看书。他喜欢的书都很奇怪。有时，我发现他在研读马拉美的诗，像小孩子一样默念着那些词句。我真想知道，那些深奥难测的节奏和模棱两可的语句，到底给他带来了怎样的感受。有时，我又发现他全神贯注地读加博里约的侦探小说。

---

① 译者注：半人半羊的农牧之神。

我自娱自乐地想：他对书的选择，正令人愉快地体现出他荒诞天性不可调和的一面。还有个罕见之处在于：哪怕处于虚弱状态，他仍无让自己舒服一点儿的念头。斯特洛夫喜欢舒适，所以画室里有一对非常柔软的扶手椅和一张大大的长沙发。斯特里克兰却从不走近它们，并非出于恬淡寡欲的矫情，仅仅因为他不喜欢而已。因为，我有天走进画室时，就看到他坐在一张三角凳上。如果可以选择，他也会选没有扶手的厨房用椅。这样的性格，常常让我一看到他就恼火。真是从没见过对周遭环境如此淡漠的人。

27

又过了两三个星期。一天早晨，手上的工作暂时告一段落后，我想给自己放个假，便去了卢浮宫。我信步而行，欣赏着那些早已熟悉的名画，任由思绪与情绪随意碰撞。我慢悠悠地走进一个长画廊，突然看见斯特洛夫，立刻笑了。因为他那副又圆又胖，仿佛受到巨大惊吓的模样，真是让人忍俊不禁。走近一些后，我发现他似乎格外沮丧。虽愁眉苦脸，可他还是显得很滑稽，活像个穿戴整齐的人落入水中，死里逃生后仍心有余悸，觉得自己只会被当成个傻瓜。他转过身盯着我，但我觉得他其实并没看见我。镜片后那双圆圆的蓝眼睛不甚烦扰。

"斯特洛夫。"我喊道。

他吃了一惊，随即露出微笑，却笑得很苦涩。

"干吗这么失魂落魄地在这儿晃悠？"我乐呵呵地问。

"我很久没来卢浮宫了，想看看有什么新东西。"

"可你不是说，这周要完成一幅画嘛。"

"斯特里克兰在我画室画画。"

"啊？"

"我提议的。他还没好到能回自己家。我还以为，我们可以共用一间画室。我们可以一起用我的画室。在拉丁区，很多人都共用画室。我还以为，这会是件很有趣的事。我一直觉得，画累了，能有人聊聊天，应该会很快乐。"

他这番话说得很慢，说一句就尴尬地停顿片刻。与此同时，他那双温和而愚蠢的眼睛始终盯着我，里面蓄满泪水。

"我还是没听明白。"我说。

"有其他人在画室，斯特里克兰就没法画画。"

"该死，那是你的画室。这事该由他来操心。"

他可怜巴巴地看着我，嘴唇抖个不停。

"出什么事了？"我相当严厉地问。

他犹豫着红了脸，不开心地瞥了眼墙上的一幅画。

"他不让我画，叫我滚出去。"

"你干吗不叫他下地狱？"

"他把我赶出来了，我不能真和他打架吧。他把我的帽子也丢了出来，还锁了门。"

斯特里克兰让我怒不可遏，但我也挺生自己的气，因为德克·斯特洛夫扮演了一个如此滑稽的角色，我忍不住想笑。

"你妻子怎么说？"

"她去市场买菜了。"

"他会让她进去吗？"

"不知道。"

我困惑地盯着斯特洛夫。他站在那儿，活像个正被老师挑毛病的学生。

"要我替你把斯特里克兰赶走吗？"我问。

他有些吃惊，闪闪发光的脸涨得通红。

"不。你最好什么都别做。"

他冲我点了点头，走开了。显然，出于某种原因，他不想再讨论此事。我真是弄不明白。

28

一星期后，一切终于有了解释。那天晚上，我在餐馆吃完晚饭，回到小公寓，坐在客厅看书。十点左右，门铃发出刺耳的叮当声。我走进过道，打开门。斯特洛夫站在我面前。

"可以进来吗？"他问。

楼梯平台光线昏暗，我不怎么看得清他的样子，但他的声音让我有些吃惊。我知道他向来有节制，不然肯定会以为他喝多了。我把他引进客厅，请他坐下。

"谢天谢地，终于找到你了。"他说。

"怎么啦？"看他如此激动，我惊异地问。

这会儿，我总算看清了他的样子。虽然平常总是干净整洁，这次他却衣衫不整。突然变得蓬头垢面，我又觉得他肯定喝酒了。于是，我笑了起来，准备打趣他几句。

"我不知道该去哪儿，"他突然开口道，"我先前已经来过一次，但你不在。"

"我很晚才出去吃饭。"我说。

我改变了主意。他如此绝望显然并非因为酒精。平日那张红润的脸，此刻却青一块白一块。他的双手也在发抖。

"出什么事了吗？"我问。

"我妻子离开我了。"

他好不容易才把这几个字说出来，然后微微喘了口气，泪水顺着他圆圆的脸颊滚滚而下。我不知道该说什么，但首先想到的就是：她准是再也无法容忍丈夫对斯特里克兰那般着迷。加上后者总是一副冷嘲热讽的模样，所以非让丈夫把他赶走不可。我知道，她虽然举止沉静，但斯特洛夫若继续拒绝，她或许真有可能离家出走，再也不回来。她是什么脾气，我可是一清二楚。然而，这小个子如此痛苦，我不能笑。

"亲爱的朋友，别难过。她会回来的。女人气头上说的话，不能太当真。"

"你不懂。她爱上了斯特里克兰。"

"什么！"我大吃一惊，但还是觉得这消息难以置信，荒谬无比。"你怎么这么傻？你不是要说，你嫉妒斯特里克兰吧？"我差点儿笑出来，"你非常清楚，她受不了斯特里克兰啊。"

"你不懂。"他呜咽道。

"真是头歇斯底里的驴。"我有些不耐烦地说，"等我给你来杯威士忌苏打，你或许就能感觉好些了。"

我想，或许出于某种原因——天知道，人类有多么擅长想方设法地折磨自己——德克莫名其妙地相信妻子喜欢上了斯特里克兰。加上他如此有犯错天赋，所以他或许真把她惹毛了。而她为了气他，可能就煞费苦心地引他怀疑。

"听着，"我说，"我们一起去你的画室。你要是错了，就低声下气地赔个不是。我觉得，你妻子不是那种心存怨恨的人。"

"我怎么能回去？"他消沉地说，"他们在那儿。我把屋子留给他们了。"

"这么说，不是妻子离开了你，而是你离开了妻子。"

"看在上帝的分儿上，别这样跟我说话。"

我仍旧没把他的话当回事儿，压根不信他的这些说辞。但他的确非常痛苦。

"好吧，既然你登门来跟我说这事，就最好把来龙去脉都讲清楚。"

"今天下午，我再也受不了了。我走到斯特里克兰面前，说觉得他身体已经恢复得足够好，可以回自己的住处了。我要用自己的画室。"

"只有斯特里克兰这种人，才需要别人挑明，"我说，"他怎么说？"

"他笑了笑，你也知道他笑起来什么样，可不是因为他被逗乐了，反而会让你觉得自己像个傻瓜。他说马上就走，还开始收拾东西。你记得吧，当时我从他那儿拿了些我觉得他用得着的东西。他叫布兰奇找来一张纸和一根绳子，以便打包。"

说到这儿，斯特洛夫喘着气停了下来。我还以为他要晕倒了。

我可没料到他要跟我说这些。

"她虽然脸色十分苍白，还是拿来了纸和绳子。斯特里克兰则什么也没说，一边吹口哨，一边打包行李，压根没理会我俩，眼里含着嘲讽的微笑。我的心就像铅一样沉，唯恐会发生什么事，真希望刚才没开这个口。他四下找帽子时，布兰奇开口了。

"'德克，我要跟斯特里克兰走，'她说，'我不能再跟你一起过了。'

"我想说话，却一个字也说不出来。斯特里克兰一言不发，继续吹口哨，仿佛这事跟他无关。"

斯特洛夫又停了下来，擦了擦脸。我始终没说话，但这会儿已经相信他所言。虽然震惊，但我还是无法理解。

然后，他泪流满面、声音颤抖地跟我讲述了他如何走到妻子面前，试图将她搂进怀里，她却躲开了，还求他别再碰她。他哀求她别走，说自己如何热烈地爱着她，叫她想想他的一片深情，还提起两人的幸福过往。他不生她的气，也不会责怪她。

"德克，让我安静地离开吧，"最后，她说，"难道你不知道我爱斯特里克兰？他去哪儿，我就去哪儿。"

"可你肯定知道，他永远无法给你幸福。为了自己，别走。你不知道将来会遇到什么。"

"这是你的错，是你非要把他接来。"

他转向斯特里克兰。

"可怜可怜她吧，"他哀求道，"不能让她做出如此疯狂的事。"

"她有选择的权利，"斯特里克兰说，"我又没强迫她跟上来。"

"我已经决定了。"她麻木地说。

斯特里克兰这种伤人的冷静让斯特洛夫再难自制，满腔怒火让他丧失理智，猛地扑向斯特里克兰。后者猝不及防，踉跄着退了几步。尽管大病初愈，他力气还是非常大。一转眼，斯特洛夫便莫名其妙地躺在了地上。

"你这个滑稽的小丑。"斯特里克兰说。

斯特洛夫站起来，发现妻子仍无比平静地站在一旁。当着她的面这样出丑，更让他觉得屈辱。眼镜在厮打中掉了，一时间竟不知道在哪儿。她默默地捡起来，递还给他。他似乎突然意识到自己的不幸，虽然知道会让自己显得更可笑，他还是双手掩面地哭了起来。两个人站在原地，一言不发地望着他。

"噢，亲爱的，"终于，他呻吟着说，"你怎么能如此残忍？"

"德克，我身不由己。"她回答。

"我崇拜你，世上没有哪个女人会让我这么崇拜。如果我做了什么让你不高兴的事，干吗不告诉我？只要你说，我一定改。我要是能做到，什么事我都愿意为你做。"

她没回答，脸上一点表情都没有。他看出来了，自己只会令她生厌。她穿上外套，戴上帽子，朝门口走去。他立刻明白她要离开了，于是赶紧追上去，跪在她面前，抓住她的手。他已经放弃所有自尊。

"噢，别走，亲爱的。没有你，我活不下去，我会自杀的。我要是做了什么惹你生气的事，求求你原谅我。再给我一次机会吧，我会更加努力，让你幸福。"

"站起来，德克。你这样只会让自己成为一个十足的傻瓜。"

他摇摇晃晃地站起来，却还是不肯放她走。

"你要去哪儿？"他连忙问，"你不知道斯特里克兰的住处是什么样。你不能住到那儿去。太可怕了。"

"如果我都不在乎，你有什么好在乎的？"

"再等等，我还有话要说。不管怎样，你还是会勉强忍着听我讲完吧。"

"那又何必？我已经下定决心。无论你说什么，我都不会改变主意。"

他大口大口地吸着气，一手按在心口，以缓解那令他痛苦的心跳。

"我不是要你改变主意，只是求你再听我说几句。这是我最后的请求了，别拒绝我。"

她站住了，眼带思索地望着他。在他看来，那目光已经变得那般冰冷淡漠。她走回画室，倚在桌旁。

"说吧。"

斯特洛夫费了好大力气，才重新打起精神。

"你得理智点儿。人不能靠空气过日子。要知道，斯特里克兰身无分文。"

"我知道。"

"你会连生活必需品都极其匮乏。你知道他为何这么久才康复吗？因为他一直半饥不饱啊。"

"我可以赚钱养他。"

"怎么赚？"

"不知道，我会找到办法的。"

荷兰人脑海闪过一个可怕的念头，令他浑身颤抖。

"你准是疯了，真不明白你到底中了什么邪。"

她耸了耸肩。

"现在我可以走了吗？"

"再等一下。"

他疲惫地环顾了一下画室。因为她的存在让这间画室充满欢乐和家的气氛，他一直以来才这么喜爱这里。他闭了会儿眼，然后久久地凝望着她，像是要把她的样子永远刻在心中。他起身，拿过自己的帽子。

"不，我走。"

"你？"

她大吃一惊，不明白他是什么意思。

"一想到你要住进那可怕又肮脏的阁楼，我就受不了。不管怎么说，这儿是我的家，也是你的家。你在这儿能活得舒服些，至少不用过最贫困的生活。"

他走到放钱的抽屉边，拿出几张钞票。

"这儿的钱分你们一半。"

他把钱放到桌上。斯特里克兰和他妻子都没说话。

这时，他又想起一件事。

"你能把我的衣服收拾好，放到门房那儿吗？我明天过来取。"他努力挤出一个笑容，"再见，亲爱的。感谢你过去给我带来的幸福。"

他走出屋子，带上了门。想象中，我仿佛看到斯特里克兰把他的帽子往桌上一扔，然后坐下，抽起烟来。

 **29**

　　我沉默了一会儿，思考斯特洛夫说的这些话。我真是受不了他的懦弱，他也看出了我的反对之意。

　　"和我一样，你也知道斯特里克兰过的是什么日子，"他用颤抖的声音说，"我不能让她生活在那种环境里——就是不能。"

　　"这是你的事。"我回答。

　　"要是你，你会怎么做？"他问。

　　"她是睁着眼睛自己走的，要是因此不得不忍受诸多不便，那也是她该忧心的事。"

　　"嗯，但你瞧，你并不爱她。"

　　"你还爱她吗？"

　　"噢，比以往更爱。斯特里克兰不是那种能给女人带来幸福的男人。他们长久不了。我要让她知道，我永远不会让她失望。"

　　"你是说，你准备再接受她？"

　　"毫不犹豫。到时候，她会比以往更需要我。等只剩她一人备受屈辱、心碎神伤之际，要是她无处可去，那多可怕呀。"

他似乎毫无怨恨。我想，看到他这么没骨气的样子，我有些愤愤不平应该很寻常。他许是猜到了我在想什么，所以才说出了下面这番话。

"我不能指望她像我爱她一样爱我。我是个小丑，不是能让女人爱上的那种男人。这点我一直都知道。她要是爱上了斯特里克兰，我也不怪她。"

"我认识的人中，你肯定是最没自尊心的一个。"我说。

"我爱她，远胜爱我自己。我觉得，如果在爱情中还要谈自尊，原因只有一个：你最爱的仍是自己。不管怎样，男人婚后又爱上别人，这种事司空见惯。等他热情退去后回到妻子身边，妻子会重新接纳他。每个人都觉得这非常自然，所以换成女人，为何就不行了呢？"

"这的确合乎逻辑，"我笑了笑，"但大多数男人都不会这么想，也根本做不到。"

然而，跟斯特洛夫说话期间，我一直很迷惑，觉得这事来得太突然。我无法想象他怎么没看出一点儿端倪。我想起曾在布兰奇·斯特洛夫眼中见到的那种奇怪神情。或许那意味着她已经隐隐觉察到内心的感情，并因此惊异不已。

"今天之前，你从未怀疑过他俩之间有什么吗？"我问。

他没有立刻回答。桌上有支铅笔，他拿起来，下意识地在吸墨纸上画了个头像。

"如果不喜欢我提问，你就直说。"我说。

"把心里话说出来，我好受些。噢，你要是知道我心里有多苦就好了。"他丢下铅笔，"没错，两周前我就知道了，知道得比她还早。"

"那你到底为何不让斯特里克兰打包走人？"

"我无法相信。这事多荒谬啊！她原本一眼都不想看到他呀。难以置信。我还以为，这只是我嫉妒心作祟。你瞧，我向来爱吃醋，但我已经通过训练，学会了绝不将其表现出来。我嫉妒她认识的每个男人，包括你在内。我知道，她不像我爱她那么爱我。这很正常，不是吗？但她允许我爱她，已经让我觉得足够幸福。我强迫自己到外面去，一走就是几小时，好让他俩在一起。我想惩罚自己，因为这份怀疑着实可耻。但回家后，我发现他们并不需要我——我在不在家，斯特里克兰其实都无所谓。可布兰奇也不需要我。我问她时，她浑身发抖。等终于确定到底发生了什么事后，我反而不知道如何是好。我想，如果大吵大闹，只会引来他们的嘲笑。要是闭口不谈，假装什么也没看到，或许一切都会好起来。我决定安安静静地把他打发走，不用大吵大闹。唉，你要是知道我受了多少苦就好了！"

然后，他又把自己让斯特里克兰搬走的事说了一遍。这一次，他精心挑选时机，尽量在提出要求时显得自然随意。然而，他还是没能控制住颤抖的声音，本想说得亲切、愉快的话，仍带上了嫉妒的苦痛。他没料到斯特里克兰一口答应，还立马收拾东西就要走。而最重要的是，妻子竟决定同行。我看得出，他非常希望自己没开口，宁愿忍受嫉妒的痛苦，也好过离别之殇。

"我想杀了他，结果却只是让自己出丑。"

他沉默了很久才再次开口。我知道，这是他的心里话。

"我要是再等等，或许就没事了。真不该如此急躁。唉，可怜的姑娘，看看我把她逼成了什么样？"

我耸耸肩，没说话。虽然一点儿也不同情布兰奇·斯特洛夫，但我知道，如果说出对她的真实想法，只会让可怜的德克更加痛苦。

他已筋疲力尽，却还是喋喋不休，又开始讲述刚才那幕，把每一句话都重复一遍。他一会儿对我说之前忘掉的某件事，一会儿又跟我讨论本该这么说，不该那么说。接着，他开始痛惜自己的盲目，后悔做了这件事，自责漏掉了另一件事。夜渐渐深了，终于，我也跟他一样疲惫。

"你现在打算怎么办？"最后，我问他。

"还能怎么办？等她叫我回去吧。"

"干吗不离开一段时间？"

"不，不行。我必须在她身边，让她一需要就能找到。"

眼下，他似乎一片茫然，也无计可施。我建议他去睡觉，他却说睡不着，想去外面走走，就这么走到天亮。但他这状态显然不适合独处。我说服他留下来，跟我一起过夜，还把自己的床让给了他。我的客厅里有张长沙发，我在那儿也能睡得很好。这会儿，他已筋疲力尽，在我的坚持下根本无法反抗。我给他服了足够剂量的佛罗那，能确保他无知无觉地睡上几个小时。我能给他的最大帮助，也仅此而已了。

　　可我给自己铺的床很不舒服，结果一晚上都没睡着。我辗转反侧，想了很多这个不幸的荷兰人讲的话。对布兰奇·斯特洛夫的行为，我倒没有太困惑，觉得那不过是肉体上的诱惑而已。我不觉得她真正喜欢过自己的丈夫。曾经，我以为她爱。其实，那不过是对爱抚和安慰的一种女性反应，结果被大多数女人解读成爱情。那是一种能被任何对象激起的被动感情，就像藤蔓能攀附上任何一棵树。世俗的智慧认可这种力量，因为它能促使一个姑娘嫁给想要她的男人，并由此相信爱情也会随之而来。这种感情不过是对安定生活的满足，对拥有财富的骄傲，对被人渴求的喜悦，以及对组建起一个家庭的快意。是女人温柔可亲的虚荣心，赋予了这种感情以精神价值。但在激情面前，这种感情不堪一击。我怀疑，布兰奇·斯特洛夫对斯特里克兰的嫉妒憎恶中，一开始便隐隐有种性吸引力。我是谁啊，怎么解得开神秘而复杂的性爱之谜？或许，斯特洛夫的爱激起却未能满足她这部分天性。她之所以讨厌斯特里克兰，就是因为感觉到了他有满足自己这方面需求的力量。当初丈夫想把他带回画室，她的抗争应该相当真诚。虽然不知道为什么，但她或许真的害怕斯特里克兰。我还记得，她曾预言会有灾祸降临。我想，她对他的恐惧，应该是一种内心恐惧的移情表现。因为，他的确不可思议地令她心烦意乱。他外表狂放粗野，眼神冷漠，嘴唇性感。他高大强壮，身上有种未经驯服的热情。她或许跟我一样，也觉得他身上有种邪恶的气质。这种气质让我想起创世之初的野兽。那时，物质与大地保持着最初的联系，似乎万物皆有灵性。如果他真影响到了她，那要么是爱，要么就是恨。当时，她恨他。

接着，我又想，应该是每日照料病人的这份亲密，不可思议地打动了她。她托起他的头，喂他吃东西，感觉自己手上沉甸甸的。等他吃完，她又要擦干净那张性感的嘴和红胡须。她替他擦洗汗毛浓密的四肢，帮他擦干双手。即便病中虚弱，那双手仍旧强壮有力。他的手指修长，是富有才能的艺术家之手。我不知道它们在她心中激起了怎样的烦恼。他十分安静地睡在那儿，一动不动，宛如死掉一般。他就像森林中的野兽，结束了一段长途捕猎后，正在休息。她想知道他梦见了什么。是不是梦见一位山林水泽的仙女在萨梯的穷追不舍下，飞快地穿过希腊的森林？她拼命奔逃，心中充满绝望。萨梯还是一点点地追了上来，她都能感觉到他灼热的呼吸喷到自己脸上。然而，她仍默默地飞奔着，他也一言不发地继续追赶。终于被抓住时，她心底颤动的到底是恐惧，还是狂喜？

布兰奇·斯特洛夫被极致的欲望攫住。或许仍讨厌斯特里克兰，却又渴望得到他。以前构成她生活的一切，此时都不再重要。她不再是那个复杂、温和、任性、体贴、轻率的女人，她是酒神的女祭司。她是欲望本身。

不过，或许这些都是我的胡思乱想，她可能就是厌倦了自己的丈夫，出于冷酷无情的好奇心，才倾心斯特里克兰。也许，她对他根本没有特殊情感，只是因为太过接近或无所事事才屈从于他的意愿，结果却发现自己作茧自缚，无力挣脱。那平静眉宇和清冷灰眸后到底掩藏着怎样的思绪和情感，我如何能得知？

虽然探讨人类这种难以琢磨的生物很难有定论，但不管怎样，布兰奇·斯特洛夫的行为，依旧能找到一些合理的解释。可对于斯特里克兰，我真是完全无法理解。哪怕绞尽脑汁，我也想不通他这次为何会做出如此反常的举动。无情地背叛朋友的信任，为一时的心血来潮，不惜让他人痛苦，这些都是他性格使然，不足为奇。他这人不懂知恩图报，毫无同情心。我们大多数人都有的情感，他身上压根不存在。指责他没有这些情感，就跟指责老虎为何凶狠残暴一样荒谬。可我实在不明白他这次的心血来潮。

我不相信斯特里克兰会爱上布兰奇·斯特洛夫。我不信他会爱上任何人。这是一种柔情占主导地位的感情，但无论对自己，还是对他人，斯特里克兰都没有半分柔情。爱情中需要一种柔弱的感觉、一股保护对方的欲望，还有做好事的渴望和取悦他人的热情。总之，哪怕爱情不是无私的，恋爱中人也要十分巧妙地将自私隐藏起来。爱情总归要带上几分羞怯矜持。而我无法想象，这些性格特征会出现在斯特里克兰身上。爱情需要舍弃自我、全心投入。即使头脑最清楚的人或许知道爱有尽头的道理，却还是想给这份虚幻以实体，纵然知道都是一场空，他仍爱这幻象胜过事实。爱让一个人变得更丰富，同时也会更贫乏。爱让他不再是自己。他不是一个人，而是一件东西，一样工具，以追求某种与其自我并不相容的目的。爱情向来免不了多愁善感，而我认识的人中，斯特里克兰是最不可能犯这种毛病的人。我相信，任何时候，他都不可能为爱痴狂。他绝对无法忍受外界束缚。他心中有种无人理解的渴望，那种渴望促使他不断奔向那个他都不知道的目标。如果有任何东西阻碍了他与这种渴望的联系，纵然无比痛苦，弄得身受重创、鲜血淋淋，他也会毫不犹豫地将其连根拔起。对于斯特里克兰留给我的复杂印象，如果我描述得还算成功，那要说他在爱情面前既伟大又渺小，似乎也不算太惊人。

但我想，每个人都是根据自己的癖好来定义爱情，所以，这个概念因人而异。斯特里克兰那样的人，应该也会有独特的恋爱方式吧。要分析他的情感，纯属徒劳。

31

第二天，虽然我极力挽留，但斯特洛夫还是离开了。我提出帮他去画室拿东西，他却执意亲自去。我想，他是希望那两人还没想起收拾他的东西，如此一来，他就有机会再见妻子一面，或许还能劝她重新回到自己身边。然而，他发现行李已经等在门房，看门人还说布兰奇已经出去了。我想，他肯定忍不住对那女看门人倒了一番苦水。我发现，他逢人就说，本意是想博取同情，结果却只是沦为笑柄。

他的行为实在有失体面。知道妻子什么时候出门买东西后，有天他再也忍不住这么长时间没见到她，便当街将她拦了下来。虽然她不肯跟他说话，他却喋喋不休，语无伦次地为从前做下的错事道歉，说自己仍一片深情，求她回心转意。那女人一言不发，头也不回地疾步走开。我能想象他迈着一双粗胖的短腿，拼命追赶的模样。他微微喘着气，一边急匆匆地追，一边诉说自己有多悲惨，哀求妻子的怜悯。他还说，只要她肯原谅，他愿意为她做任何事。他提出带她去旅行，说斯特里克兰很快就会厌倦她。他向我复述那出可怜的小闹剧时，我真是气坏了。他表现得既没脑子，又没尊严，把会惹来妻子鄙视的事，一件不落地全做了。对于爱自己，自己却不爱的男人，女人总能做出最残忍的事。当时，她一点儿也不体贴，甚至毫无容人之量，有的只是疯狂的怒火。布兰奇·斯特洛夫突然停住脚步，用尽全力给了丈夫一巴掌。趁他还没回过神，她就快步登上台阶，进画室去了。自始至终，她都没说一句话。

他跟我讲这些时，仍用手捂着脸，仿佛还能感觉到脸上火辣辣的疼痛。他眼里不仅流露出令人心碎的痛苦，也有种荒唐可笑的诧异之色。看起来，他就像个大号的小学生，我虽然很同情他，却还是忍不住想笑。

后来，他就在她购物的必经之路上徘徊，她走过时，他就站在对面的街角，尽管不敢再上前搭话，却竭力用一双圆溜溜的眼睛表达内心的渴求。我想，他估计觉得自己这副可怜兮兮的模样能打动她，她却熟视无睹，甚至没有改变上街购物的时间和路线。我觉得，她的冷漠中带着几分残忍，说不定还以折磨他为乐。真不知道，她为何如此恨他。

我恳求斯特洛夫放聪明点儿，他那副没骨气的样子真是惹人生气。

"你这样下去，一点儿好处也没有，"我说，"估计你当头给她一棒都是更明智的做法，至少不会让她像现在这样鄙视你。"

我建议他回老家待段时间。他常常跟我说起那个位于荷兰北部的安静小镇。他父母仍在那儿生活。他家很穷，爸爸是木匠。一

家人住在一座红砖房里，房子虽又小又老，却干净整洁，屋旁就是缓缓流淌的运河。那里的街道宽阔空旷，两百年的时光虽让小镇日渐荒凉，昔日的建筑却仍保留着落成时的朴实庄严。富裕的商人们将货物运往遥远的印度群岛，在那些房子里过着平静而富足的生活，纵使家道中落，仍留有几分昔日荣光。沿着运河漫步，能一直走到宽阔的绿色田野。到处都是风车，黑白相间的奶牛懒洋洋地吃着草。我想，身处那样的环境中，带着儿时记忆，德克·斯特洛夫或许能忘记他的不幸。然而，他不肯回去。

"我必须留在这儿，让她需要时能找到我。"他又是之前那句话，"如果发生了什么可怕的事，我却不在身边，那多糟糕啊。"

"你觉得会发生什么事？"我问。

"我不知道。但我害怕。"

我耸了耸肩。

德克·斯特洛夫虽然如此痛苦，却仍是个荒唐可笑的家伙。他若是消瘦憔悴，或许还能引人同情。可他完全没有，依旧胖乎乎的，一张红通通的圆脸好似成熟的苹果。他向来衣冠整洁，如今还是继续穿着干净漂亮的黑外套，戴着稍微有些小的圆顶礼帽，一副衣冠楚楚、颇有绅士派头的模样。他的肚子越来越大，压根没受到悲伤的影响，整个人显得比以往任何时候更像一个生意兴隆的行商。有时，一个人的外表跟灵魂如此不相称，真是件苦不堪言的事。德克·斯特洛夫内心里揣着罗密欧的激情，身体却像托比·培尔契爵

士 ①。他生性善良慷慨，却总是做错事；他识得真正的美，却只能
出产平庸的作品；他感情细腻，却举止粗鲁；他处理别人的事圆通
机敏，自己的事却弄得一团糟。造物主开了个多么残忍的笑话啊！
竟将这么多矛盾的元素灌注在一个人身上，最后却扔下他独自面对
世上的冷酷无情。

---

① 译者注：莎士比亚喜剧《第十二夜》中的滑稽角色。

32

　　好几个星期，我都没再看到斯特里克兰。我很讨厌他，如果有机会，我很乐意告诉他这点，但犯不着专门为此去找他。我有些不好意思摆出一副义愤填膺的模样。这种姿态总带了几分自鸣得意的味道，会让任何一个有幽默感的人觉得尴尬难堪。除非真是火冒三丈，否则我才不愿成为他人笑柄。斯特里克兰嘲讽起人来一向不留情面，所以我格外敏感，尽量不做出任何或许会落人话柄的事。

　　但某天傍晚，我沿着克利希大道散步，经过斯特里克兰经常光顾，我却再也不去的那家咖啡馆时，竟迎面撞见了他。布兰奇·斯特洛夫也在，两人正朝他最喜欢的那个角落走去。

　　"你这么多天都跑哪儿去了？"他说，"我还以为你走了呢。"

　　他如此热情，正表明他知道我不想搭理他。他这种人根本不值得礼貌对待。

　　"没有，"我说，"我哪儿也没去。"

　　"为什么好久不来这儿了？"

　　"巴黎又不是只有这一家咖啡馆，在哪儿不能消磨一小时？"

这时，布兰奇伸出手同我打招呼。不知怎的，我还以为她会有些变化。她仍穿着过去常穿的那条灰裙，既整洁又漂亮。眉宇间依旧坦率，眼里平静无忧，仍是过去在画室里操持家务的模样。

"下盘棋吧。"斯特里克兰说。

真不明白当时我为何没有一口回绝，反而相当郁闷地跟着他们走到斯特里克兰常坐的那个位子。他叫人拿来国际象棋棋盘和棋子。对于这次不期而遇，两人都觉得很理所当然，所以我要是有什么别的反应，倒显得滑稽可笑了。斯特洛夫太太看我们下棋，一脸神秘莫测的表情。她没说话，但她向来沉默。我盯着她的嘴，想找到点儿能猜出她所思所想的线索。我又看向她的眼睛，想捕捉到某种泄露心思的眸光、透出惊恐或苦涩之意的眼神。我扫过她的前额，想看看那上面会不会有表明情感流逝的皱纹。可惜，她的脸就像一张看不出任何情绪的面具。她的双手轻轻交叠，一动不动地搁在膝上。从我听说过的那些事来看，她应该是个情感强烈的女人。德克那般深情地爱着她，却被她狠狠地甩了一巴掌。这说明她暴躁易怒、残忍狠辣。她抛弃了丈夫庇护下的安乐窝和衣食无忧的舒适生活，表明她极富冒险精神，渴望冒险，随时准备好了过勉强糊口的生活。从她料理家务、恪尽主妇职责的过往经历来看，这点倒是不足为奇。毫无疑问，她是个性格复杂的女人。这种性格与她娴静庄重的外表形成某种富有戏剧性的对比。

这次相遇让我有些激动，脑子里闪过各种念头，同时却还要集中精力下棋。每次跟斯特里克兰下棋，我总会使出浑身解数胜过

他。因为此人向来鄙视手下败将，赢棋后那副得意洋洋的模样会让人更难忍受失败。但他若输了，倒是从不发脾气。所以说，他是个糟糕的赢家，却是个不错的输家。有人觉得，下棋时最能看清一个人的性格。在斯特里克兰身上，倒是能看出些许端倪。

下完棋，我叫来侍者，付了酒钱，便离开了他们。这次会面不值一提，没有一句能引起我思索的话，我也做不出任何确凿的推测。好奇心被勾起，我却说不清他们相处得如何。要是能灵魂出窍就好了，这样我就可以看见他们私下里在画室做了什么，也能听见他们说了什么。眼下，我连一点能发挥想象力的蛛丝马迹都没抓到。

两三天后，德克·斯特洛夫来到我家。

"听说你见过布兰奇了？"他说。

"你怎么知道？"

"有人说看见你跟他们坐在一起。你怎么不告诉我？"

"我想这只会让你痛苦。"

"我还会在乎痛不痛苦？你必须知道，跟她有关的事，哪怕再细小，我也想听。"

我等着他提问。

"她看起来怎么样？"他问。

"一点儿没变。"

"有没有显得很幸福？"

我耸了耸肩。

"我怎么知道？当时是在咖啡馆，我们在下棋呢。我根本没机会跟她讲话。"

"噢，从她脸上看不出来吗？"

我摇摇头。只能又跟他说了一遍：那女人无论言谈还是举止，都没有透露出半点情绪。他一定比我更清楚她的自制力有多强。他激动地攥紧双手。

"噢，我很害怕。肯定会发生什么事儿的，可怕的事，我却无力阻止。"

"什么事呢？"我问。

"噢，我也不知道，"他呻吟着，双手抱头，"肯定会大祸临头。"

斯特洛夫向来容易激动，现在更是情绪失控，完全丧失了理智。我想，布兰奇·斯特洛夫很有可能发现自己再也无法跟斯特里克兰一起生活。但大错特错的谚语之一，便是"自作自受"。生活的经验表明，人们总是不断地做会招致灾祸的事，却又总是能找到某个机会，避免自食其果。布兰奇若是跟斯特里克兰吵架，只需要一走了之就行，反正丈夫一直都在谦卑地等着原谅她，也愿意忘记一切。我还没有做好深切同情她的准备。

"你瞧，爱她的人不是你。"斯特洛夫说。

"总之，没什么迹象表明她不开心。就我们了解到的情况，他们很可能已经像寻常夫妻那样安定下来了。"

斯特洛夫愁苦地看了我一眼。

"你对此当然无所谓，但对我而言，这事很重要，非常重要。"

如果我当时表现得不耐烦或无礼，那我很抱歉。

"能帮我个忙吗？"斯特洛夫问。

"非常乐意。"

"能帮我给布兰奇写封信吗？"

"你干吗不自己写？"

"我已经写了很多封。我不指望她回信，她多半看都没看。"

"你没有考虑女人的好奇心。真以为她抵抗得了诱惑？"

"如果是针对我——她能忍住。"

我飞快地瞥了他一眼。他垂下了眼。在我看来，这样的回答带着种怪异的屈辱感。他知道，她对他十分冷漠，看到他的笔迹，就会丝毫不为所动。

"你真相信她会回到你身边吗？"我问。

"我想让她知道，万一发生最坏情况，她还可以指望我。我就是想让你告诉她这个。"

我拿出一张纸。

"你到底希望我说什么？"

我的信是这样写的：

亲爱的斯特洛夫夫人：

德克让我转告您。无论什么时候，只要您需要他，他都会非常感激能有这个为您效劳的机会。对于已经发生的事，他没有丝毫怨怼。他对您的爱始终如一。您随时可以在以下地址找到他。

  虽然我跟斯特洛夫一样确信，认为斯特里克兰与布兰奇不会有什么好结果，但我没想到这事竟会以悲剧收场。夏天来了，闷得令人喘不过气，连夜里也没有一丝凉意，疲惫的神经得不到任何休息。被烈日炙烤过的街道似乎把白天吸收的热气都吐了出来，行人拖着脚，无精打采地走着。我已经好几个星期没见过斯特里克兰，因为忙于别的事，也压根没空去想他和他那些事。德克整日徒劳地哀声叹气，我觉得厌烦，便尽量躲开了他。这种龌龊事，我真是不想再为此费神了。

  一天早晨，我穿着睡衣写作，思绪飞扬间，正想到阳光明媚的布列塔尼海岸和清澈的大海。旁边的空碗里放着门房端来的法式咖啡和羊角面包。我把咖啡喝了，却没胃口吃完面包。我听见门房正在隔壁房间放掉浴缸里的水。这时，门铃叮叮当当地响了。见我没动，门房便去开门。片刻后，我听见斯特洛夫问我在不在。我坐着没动，大声招呼让他进来。他飞快地冲进屋，来到我的桌边。

  "她自杀了。"他声音嘶哑地说。

"什么意思？"我吃惊地叫道。

他动了动嘴唇，仿佛在说什么，却没发出任何声音。接着，他像个白痴一样语无伦次地瞎扯起来。我的心一下下地撞击着肋骨，却不知怎的，突然火冒三丈。

"看在上帝的分儿上，冷静点，老兄！"我说，"你到底在胡扯些什么？"

他绝望地挥舞着双手，却依然说不出话，估计已经吓得失语。我不知道自己怎么了，抓住他的肩膀就死命摇晃。现在回想起来，我真气自己竟如此愚蠢。估计是前几晚没睡好，我的神经也过于紧张了。

"让我坐下吧。"他终于喘着气说。

我倒了杯圣加尔米耶矿泉水给他喝，还把杯子端到他嘴边，就像在喂小孩一样。他咕咚咕咚地喝了一大口，洒了几滴在衬衣前胸上。

"谁自杀了？"

我不知道自己为何还要问，因为我知道他说的是谁。他努力让自己镇静下来。

"昨晚他们吵了一架。他走了。"

"她死了？"

"没有，他们把她送去医院了。"

"那你在说什么？"我不耐烦地嚷道，"干吗说她自杀了？"

"别生气。你要是这样说话，那我就没法告诉你什么了。"

我握紧双手，竭力压抑怒气，勉强挤出笑容。

"对不起。慢慢说。不着急，我会好好听的。"

眼镜后那双圆圆的蓝眼睛因恐惧而变得骇人。有放大效果的镜片让眼睛完全变了形。

"今天早晨，门房上楼去给她送信，按了门铃没人应。她听见有人在呻吟，见门没锁，便走了进去。布兰奇躺在床上，显得十分难受。桌上放着一瓶草酸。"

斯特洛夫双手捂住脸，身子前后摇晃着，呻吟不断。

"她当时意识清醒吗？"

"嗯。噢，你要是知道她有多痛苦就好了！我受不了，我真的受不了。"

他的声音拔高，变成尖叫。

"见鬼，你有什么受不了的，"我不耐烦地吼道，"她这是自作自受。"

"你怎么能如此残忍？"

"后来你做了什么？"

"他们派人分别找了医生和我，还报了警。我给了门房二十法郎，说如果有事就派人来找我。"

他停顿片刻。看得出，他接下来要说的话实在难以启齿。

"我到那儿后，她不理我，还叫他们赶我走。我发誓原谅她做的一切，她却什么也不肯听，反而直把头往墙上撞。医生叫我别待在她身边。她一直嚷嚷着：'让他走！'我只好离开，在画室里等

待。救护车来了，他们要把她抬上担架，便让我去厨房，免得她知道我还在。"

斯特洛夫希望我立刻陪他去医院。我穿衣服时，他说他已经给妻子安排了单人病房，至少可以让她不用忍受大病房的肮脏和杂乱。路上，他解释了为何要让我同去，因为如果妻子拒绝见他，说不定会愿意见我。他恳求我再跟她说一次，他依然爱她，不会有丝毫责备，只会帮助她。而且，他对她别无所求，也不会在她康复后劝她回心转意。她完全自由。

等我们抵达医院，看见的却是一幢可怕又阴森的建筑。只瞧一眼，就足以让人心头发怵。根据指引走过一个又一个办公室，爬了无数楼梯，穿过漫长又空旷的走廊，终于找到主治医生时，我们却被告知病人今天情况危急，不宜探视。这是个蓄着胡子的小个子医生，穿着白大褂，说话很不客气。显然，他只把病人当作病人，焦虑的家属也不过是必须强硬对待的麻烦而已。而且，对他来说，这种事司空见惯。就是个歇斯底里的女人跟情人吵架后服了毒，这是常有的事。起初，他以为是德克闯的祸，很没必要地跟他冲突了几句。听完我解释说他其实是急于原谅的丈夫，医生又突然用好奇的眼光打量他。我似乎从他的眼神中看到一丝嘲弄。的确，德克长得就像那种被欺骗了的丈夫。医生微微耸了耸肩。

"暂时没有危险，"他这样回答我们，"还不知道她服了多少，很可能只是虚惊一场。女人经常为爱自杀，但也往往很小心，不会真把自己弄死。通常，这只是一种引起爱人同情或恐惧的姿态罢了。"

他语气里含着冰冷的轻蔑之意。对他来说，布兰奇·斯特洛夫显然只是即将列入巴黎当年自杀未遂名单中的一个数字而已。他很忙，无法继续在我们身上浪费时间，只说让我们第二天某个时间再来。届时布兰奇若好些了，或许可以让她丈夫见上一面。

我几乎不知道我们那天是怎么过的了。斯特洛夫没法一个人待着，为了转移他的注意力，我真是使尽了浑身解数。我带他去卢浮宫，他虽假装看画，可我看得出来，他其实一直在想妻子。我逼着他吃了点儿东西，午饭后又哄他休息，他却睡不着。我留他在我的公寓住几天，他欣然接受了。我找书给他看，他翻了一两页，就凄楚地发怔。晚上，我们打了不知道多少局皮克牌[①]，为了不辜负我的一番用心，他总算强打精神，努力表现出一副很感兴趣的样子。最后，我给了他一剂安眠药，他才心神不宁地睡着了。

再去医院时，我们看见一个女护士。她告诉我们布兰奇似乎好些了，还走进病房问她是否愿意见见丈夫。我们听见病房里传出说话声。护士很快回来了，说病人谁也不想见。我们事先跟护士说过，如果她不想见德克，就问问愿不愿见我，结果她也不想见我。德克的嘴唇颤抖起来。

---

① 译者注：一种通常由两人用 32 张牌对玩的纸牌游戏。

"我没敢坚持,"护士说,"她情况很严重。或许再过一两天,她会改变主意吧。"

"她想见别的人吗?"德克声音压得很低,几近耳语。

"她说只想一个人安静地待着。"

德克的手奇怪地扭动起来,仿佛它们根本不属于他的身体,自己就会动。

"你能不能告诉她,如果她想见谁,我可以把他找来?我只想让她高兴。"

护士平静而温和地望着德克,那双眼已经见过世间所有恐怖和痛苦,却仍装着一个没有罪恶的世界,所以依旧安详宁静。

"等她平静些,我会告诉她的。"

满腔怜悯的德克恳求她立刻去问。

"这说不定能治好她。求求你了,现在就跟她说吧。"

护士同情地笑了笑,走进病房。我们听到她低声说了些什么,接着,一个我辨认不出的声音道:"不要。不要。不要。"

护士又走了出来,摇摇头。

"刚才是她在说话吗?"我问,"听起来很奇怪。"

"她的声带似乎被酸液烧坏了。"

德克痛苦地低声吼了医生。我让他先去门口等,因为我还想跟护士说几句话。他没多问,默默走开了,似乎已经失去所有意志,就像个顺从的孩子。

"她告诉过你,为何要这么做吗?"我问。

"没有。她不肯说话，只是安静地躺着，几个小时都不动一下。但她一直在哭，枕头全湿了。因为虚弱得根本拿不动手帕，她就任由眼泪从脸上淌下来。"

我的心突然一阵绞痛，真想杀了斯特里克兰。我知道跟护士道别时，我的声音都在颤抖。我发现德克在门口台阶上等我，似乎什么都看不见。直到我碰了碰他的胳膊，他才回过神来。我们默默地走着。我努力想象到底发生了什么，让那可怜的女人迈出如此可怕的一步。斯特里克兰多半也知道这事了，因为警察局肯定派人找过他，让他录下口供。我不知道他在哪儿，估计已经回那个被他当作画室的破旧阁楼了吧。真奇怪，她竟不想见他。她拒绝让人去把他找来，或许是因为知道他不愿意来。她到底看到了多么残酷的深渊，才会害怕得不想再活下去啊？

接下来的一周真是糟糕透顶。斯特洛夫每天去两次医院，询问妻子的情况，后者仍不肯见他。得知她似乎逐渐好转，起初离开医院时，他还心怀宽慰，充满希望。可后来他就绝望了，因为医生担心的并发症出现，病人康复无望。护士很同情他的痛苦，却说不出什么能安慰他的话。那可怜的女人安静地躺着，什么也不说，眼神呆滞，仿佛在等待死亡的到来。现在，她顶多能再撑一两天。某天深夜，斯特洛夫来找我，我知道他是来告诉我她的死讯。他筋疲力尽，终于不再滔滔不绝，萎靡不振地瘫倒在沙发上。我觉得，任何安慰的话都是徒劳，便任由他静静地躺在那里。我想看书，又怕他觉得我太绝情，于是坐在窗边抽烟斗，等待他开口。

"你一直对我很好，"最后他说，"每个人都对我很好。"

"别胡说了。"我有些尴尬地道。

"在医院时，他们让我等着，还给了我一把椅子。我就坐在门外。她失去知觉后，他们叫我进去。她的嘴和下巴都被酸液烧坏了。看到她好好的皮肤伤成那样，我真难过。她走得很平静，直到护士告诉我，我才知道她已经死了。"

　　他疲惫得哭都哭不出来，就那么软绵绵地躺着，仿佛四肢的力量都消失了。不一会儿，我就看见他睡着了。整整一周，这是他第一次自然入睡。造物主有时很残忍，有时又很仁慈。我替他盖好被子，关了灯。等我早晨醒来时，他还没醒，甚至动都没动一下，连金边眼镜都还架在鼻梁上。

  布兰奇·斯特洛夫死因复杂，所以需要办理的各种手续多得可怕。但最后，我们还是获准将她安葬。随枢车前往墓地的只有德克和我。去的时候灵车走得很慢，回程却是一路小跑。枢车车夫挥鞭赶马那架势真让我觉得有点儿恐怖，他仿佛觉得一次又一次的耸肩中，就能把死亡甩到身后似的。我时不时就能看见前方左摇右晃的枢车，我们的这位车夫生怕一直落后，始终都在催促两匹拉车的马。我也开始心生厌烦，想尽快摆脱这桩与己无关的悲剧，于是跟斯特洛夫说起话来。转移话题不过是为了安慰自己，我却自欺欺人地认为这是为了分散斯特洛夫的注意力。

  "你难道不觉得最好离开一阵子吗？"我说，"继续留在巴黎，已经没有意义。"

  他没回答，我继续残忍地说："接下来有什么计划吗？"

  "没有。"

  "你必须努力重新振作起来，干吗不去意大利开始新的绘画生涯？"

　　他还是没回答，但我们的车夫替我解了围。他放慢速度，倾身说了句什么。我没听清，于是把头探出窗外。他想知道我们打算在哪儿下车，我叫他稍等片刻。

　　"你最好跟我一起吃午饭，"我对德克说，"我叫他把我们送到皮加勒广场。"

　　"还是不去了，我想回画室。"

　　我犹豫了片刻。

　　"要我陪你吗？"我说。

　　"不用，我更想自己去。"

　　"好吧。"

　　我告知车夫路线，马车继续前进，我们又沉默了。自从他们把布兰奇送进医院的那个悲惨清晨，德克就没再回过画室。我很高兴他没让我陪。我们在他家门口分手后，我如释重负地离开了。巴黎的街头给了我新的喜悦，我微笑着打量匆匆往来的行人。这天天气很好，阳光明媚，我无法控制地感受到一种更强烈的生之喜悦，顿时将斯特洛夫和他的不幸抛诸脑后，只想好好享受这种感觉。

38

　我又将近一周没见到斯特洛夫。一天晚上，刚过七点，他就来接我出去吃饭。他一身重丧打扮，圆顶礼帽上系了条宽宽的黑丝带，连手帕也镶着黑边。看他这模样，还以为他在一场重大灾难中失去了所有亲人，甚至包括隔了两代的姻表亲。肥胖的身材和红润的脸颊与他的哀痛极不协调。老天真残忍，竟让他在极度悲痛下，还带上这种滑稽的成分。

　他说已决定离开，但不是去我建议的意大利，而是荷兰。

　"我明天就动身。这或许是我们的最后一面了。"

　我得体地回复了一句，他悲伤地笑了笑。

　"我已经五年没回过家，都快把那儿忘了。仿佛离爸爸的房子太远，我都有些不好意思再回去。但现在，我觉得那儿才是我唯一的避难所。"

　带着满腔悲痛和伤痕，他的思绪飘回温柔的母爱。此刻，忍受多年的嘲弄仿佛终于把他压垮，而布兰奇的背叛则是最后一击，让他再也无法那般快活地恢复过来，跟嘲弄自己的人一起大笑。他成了个被抛弃的人。他跟我讲起在整洁红砖房里度过的童年，还说母亲如何热爱有条理的生活，厨房干净明亮，堪称奇迹。每样东西都收拾得井井有条，到处都纤尘不染。她的确有洁癖。我仿佛看见一个整洁的小老太太，带着苹果般的脸颊，经年累月地从早忙到晚，只为把屋子收拾得干净有序。他父亲是个瘦削的老头，劳作一生的手扭曲粗糙，为人正直，寡言少语。晚上，他会大声读报，不愿浪费光阴的妻子和女儿则埋头做针线活。如今，他女儿已经嫁给一个渔船船长。文明发展，年复一年，那座小镇却似乎没有发生过什么大事，直到死亡如朋友般到来，给那些勤劳一生的人们带来永久的安息。

"父亲希望我像他一样当个木匠。我家子承父业，五代人都干这个。或许，这就是生活的智慧，踩着父亲的脚印往下走，既不左顾也不右盼。小时候，我说要娶隔壁马具匠的女儿为妻。那个小女孩有双蓝眼睛，淡黄色的头发梳成辫子。她会将我的屋子收拾得非常整洁，我也会有个继承手艺的儿子。"

斯特洛夫轻轻叹了口气，不再说话。他的思绪还沉浸在那些原本可能发生的景象中，曾经放弃的安稳生活，此时让他满心渴望。

"这个世界严苛又残酷。没人知道我们为何而来，我们也不知道自己将去往何处。我们必须非常谦卑，必须看到静谧之美，必须默默无闻地过完此生，别引起命运的关注。让我们去追求单纯、愚昧的爱人吧。他们的愚昧好过我们的博学。让我们保持沉默，满足于自己的小小角落，跟他们一样顺从温柔吧。这才是生活的智慧。"

在我看来，这是他破碎的灵魂在表达自我。我反对他这样自暴自弃，却没有与之争辩。

"是什么让你想当画家？"我问他。

他耸了耸肩。

"我恰好有点儿绘画才能，在学校还拿过奖。可怜的母亲很为我的天赋骄傲，给了我一盒水彩作为礼物。她把我的素描拿给牧师、医生和法官看。他们把我送到阿姆斯特丹，让我尝试能不能拿到奖学金。我成功了。可怜的母亲那般骄傲，哪怕跟我分离几乎心碎，还是强颜欢笑，不让我看出她的悲伤。她很高兴儿子能成为一名艺术家。他们省吃俭用，以确保我有足够的生活费。我的第一幅画展出时，父亲、母亲和妹妹都来阿姆斯特丹观看，母亲还看哭了。"他温和的眼睛闪着泪光，"现在，老屋的每面墙上都挂了一幅我的画，每幅画都镶在漂亮的金画框里。"

快乐和自豪让他容光焕发。我想起他笔下那些冷色调的风景，栩栩如生的农夫、柏树和橄榄树。镶在俗丽画框里，挂在农舍中，它们看起来肯定很奇怪。

"可怜的母亲把我培养成艺术家时，估计还以为自己正在做一件非常了不起的事。但如果父亲的愿望占了上风，我现在或许已经是个老实的木匠。对我来说，这样的结果更好。"

"现在，你已经知道艺术能带来什么，还愿意改变自己的生活吗？不怕失去艺术带来的所有快乐？"

他顿了顿，答道："艺术是世上最伟大的东西。"

他若有所思地看了我一会儿，似乎有些迟疑，然后说道："我去看过斯特里克兰了，你知道吗？"

"你？"

我吃了一惊，还以为他一见斯特里克兰就会受不了。斯特洛夫淡淡一笑。

"你知道的，我这人没有自尊心。"

"这话什么意思？"

他跟我讲了一个奇特的故事。

那天，我们安葬完可怜的布兰奇就分手了。斯特洛夫心情沉重地回到家，某种力量促使他走进画室，估计是某种想自我折磨的模糊欲望吧。然而，他又害怕即将感受到的痛苦，于是拖着双腿爬上楼梯，两只脚却好像根本不愿把他带到那儿去。他在画室门外徘徊了很久，努力积蓄进去的力量。他感觉很不舒服，真想冲下楼去追我，求我跟他一起进去。他觉得画室里有人，也记得从前爬上楼后，总要在楼梯平台上站一两分钟，平复下呼吸才进门。但他也记得自己多么着急见到布兰奇，所以又可笑得再次气喘吁吁。见到她总让他快乐，哪怕出门不到一小时，即将见到她的兴奋也像两人分别了一个月似的。他突然无法相信她已经死了。发生的一切不过是个梦，一个可怕的梦。只要转动钥匙打开门，他就会看到她在桌旁，微倾着身子，如夏尔丹《饭前祈祷》里的女人一样优雅。他向来觉得那幅画十分精美。他急忙从口袋里掏出钥匙，打开门，走了进去。

房间不像被抛弃的样子。妻子向来整洁，这点很讨他欢喜。

自身的成长经历让他对爱整洁的人怀有一种温柔的怜悯心。看到她本能地把每样东西都打理得井井有条，他心里就暖洋洋的。卧室看着就像她刚离开没多久：几把刷子整齐地摆在梳妆台上，每一把都放在一把梳子旁边。她在画室最后一晚睡过的那张床已经被人铺平了。她的睡衣被装进一个小盒子，放在枕头上。真难相信她再也不会回到这个房间了。

但他口渴，便进厨房喝水。这儿整齐有序。她和斯特里克兰吵架那晚用过的餐具已经仔细洗好，放在架子上。刀叉收进抽屉。一个盖子下有块没吃完的奶酪，锡盒里有片面包。她每天都会出门采购，只买当天最需要的东西，所以从来不会有隔夜剩菜。斯特洛夫从警方的调查得知，那天晚饭后，斯特里克兰就出去了。布兰奇竟还照常洗了碗碟，不禁让他有些不寒而栗。这份有条不紊说明她是蓄意自杀，而她的泰然自若，也真是骇人。他突然感到一阵心痛，双膝一软，差点儿摔倒。他走回卧室，扑倒在床上，哭喊着她的名字："布兰奇！布兰奇！"

一想到她经历的那些痛苦，他就觉得难以忍受。突然间，他仿佛又看到她站在那个比碗橱大不了多少的厨房里清洗杯盘、刀叉，将几把刀子在磨刀板上飞快地蹭几下，再一一收起。然后，她刷洗水槽，把抹布挂起来晾干。那块破旧的灰布，此刻仍挂在那儿。接着，她环顾四周，确定每样东西都干净整洁。他看见她放下袖子，脱掉围裙，挂到门后的一根木钉上，便拿起那瓶草酸，进了卧室。

想到这儿，痛苦让他猛地从床上跳起，冲出了房间。他走进画室。那儿光线昏暗，因为大窗户上的帘子都是拉着的。他飞快地扯开窗帘，但迅速瞥了眼曾经让他如此幸福的地方后，不禁抽噎起来。这儿也还是老样子。斯特里克兰不在乎周围环境，住在别人的画室，也没想过要改变什么。这间精心布置的画室充满艺术气息，是斯特洛夫心中艺术家应该享有的生活环境。墙上挂了几幅织锦，钢琴上盖了块已经失去光泽的漂亮绸布。屋子一角摆了座《米洛的维纳斯》雕像复制品，另一角是《美第奇的维纳斯》雕像复制品。到处都是顶上搁着代尔夫特精陶的意大利陈列柜和各种浅浮雕。一个漂亮的金画框里，镶着斯特洛夫在罗马时临摹的贝拉斯克斯名画——《教皇英诺森十世》。还有一些他自己的画，也镶着精致的画框，极富装饰效果。斯特洛夫向来对自己的品位很自豪，永远欣赏不够这间画室的浪漫气氛。尽管现在看到它犹如往心上扎刀，他还是下意识地挪了挪一张路易十五时代的古董桌。那张桌子可是他的宝贝之一。突然，他看到一幅面朝墙放的画布。画布的尺寸比他平时惯用的大得多，他不禁好奇那是什么。他走过去将它翻过来，一探究竟。是幅裸女图。因为立刻猜到那是斯特里克兰的作品，他的心狂跳起来。接着，他气愤地将画往墙上一摔，纳闷斯特里克兰干吗把画留在这儿。画被这么一扔，面朝下砸在地上。无论是谁的画，他也不能将它留在尘土里。于是，他又把它扶起来。这时，好奇心占了上风，让他想好好看看这幅画，便将其摆到画架上，然后退回来，以便从容地欣赏一番。

他倒抽了一口凉气。画中，一个女人躺在沙发上，一只手枕在头下，另一只放在身侧。一条腿曲起，另一条伸直。这是个经典的姿势。斯特洛夫的脑袋嗡的一下，这是布兰奇。悲伤、嫉妒和愤怒将他攫住，令他嘶吼出声，却什么话都说不出来，只能扬起攥紧的拳头，恫吓面前那个看不见的敌人。他声嘶力竭地尖叫，完全失去自制。他受不了，这太过分了！他疯狂地四下打量，想找样东西砍碎这幅画。一分钟也不能再让它存在下去。可他看不到趁手的东西，于是又去绘画工具里翻找，但就是找不到合适的。他简直疯了。最后，他终于找到一把大刮刀，发出一声胜利的呐喊，像握着匕首般，跑向那幅画。

跟我讲这事时，斯特洛夫就跟当时一样激动。他从桌上抓起放在我俩中间的餐刀，充满威胁地挥舞起来。他举起手臂，似乎就要发动攻击，但接着又张开手，任刀"哐啷"一声掉到地上。他看着我，胆怯地笑笑，不再说话。

"快说啊。"我催促道。

"我也不知道自己怎么了，正准备往那幅画上戳个大窟窿，胳膊都抬起来了，却好似突然看见了它。"

"看见了什么？"

"那幅画。一件艺术品。我不能碰它。我害怕了。"

斯特洛夫再次沉默。张口结舌地瞪着我，圆圆的蓝眼睛似乎都要从脑袋上蹦出来了。

"真是一幅伟大而绝妙的画，让我充满敬畏。我差点儿犯下重罪。我动了动，以便看得更清楚些。脚碰到刮刀，激得我浑身一颤。"

我真切地体会到了让斯特洛夫如此激动的情绪，奇异地被打动了。我仿佛突然被传送进一个价值观已经改变的世界，只能不知所措地站在旁边，就像一个走进异乡的陌生人。在那里，当地人对熟悉事物的反应，与他的认知完全不同。

斯特洛夫努力向我描述那幅画，但他说得并无条理，我只能猜测他的意思。斯特里克兰已经打破迄今为止禁锢他的枷锁。他找到的并非常言所说的自我，而是拥有未知力量的新灵魂。这幅画之所以伟大，不仅在于大胆简约的线条竟能体现出如此丰富而独特的个性。虽然肉体的画法带着强烈的官能性，令人惊奇，但它的伟大也不仅在于技法。画面的实体感仿佛能让人奇妙地感觉到那具身体的重量。此外，这幅画还蕴含着令人忧虑的全新灵性。这种灵性将想象力引上一条始料未及之路，把人带进一片只由永恒星辰照亮的虚空。在那里，所有灵魂都赤身裸体，胆怯地展开冒险，去发现新的奥秘。

我要是辞藻华丽，那也是因为斯特洛夫就是这般讲述的。（人在激动之中，会很自然地用出文学词藻，这点应该谁都知道吧？）斯特洛夫试图解释一种从未有过的感受，并不知道如何用普通词汇表达。他就像个试图描述不可言喻之事的神秘主义者。但我弄明白了一件事：人们满不在乎地谈论美，在对词汇缺乏感觉的情况下，就草率地用出这个字，结果令其失去应有的力量。如果跟上百件琐碎之物共享"美"名，那真正能代表"美"的东西，便被剥夺了尊严。人们用"美"来形容一条裙子、一只狗和一篇布道辞，与真正的美面对面时，却辨认不出。人们用虚假的强调装饰自己毫无价值的思想，结果让自己的敏感之处越来越迟钝。就像骗子谎称他们有时具备某种精神力量一样，人们也会失去被他们滥用的审美能力。可斯特洛夫这个不折不扣的小丑，却如他诚实、真挚的灵魂一样，诚实、真挚地热爱和理解着美。美之于他，就像上帝之于信徒。看到美时，他就会害怕。

"见到斯特里克兰后，你对他说了什么？"

"我叫他跟我一起去荷兰。"

我目瞪口呆，只能一脸惊愕地傻瞪着他。

"我们都爱布兰奇。母亲家也有地方给他住。我想，跟贫穷又简单的人住在一起，对他的灵魂大有裨益。从那些人身上，他或许能学到某种对自身很有用的东西。"

"他怎么说？"

"他笑了笑，估计觉得我很蠢吧。他说，他另有要事。"

我真希望斯特里克兰换种说法拒绝他。

"他把布兰奇的那幅画送给我了。"

虽然很想知道斯特里克兰为何这么做，我却没问。我俩沉默了一会儿。

"你的东西怎么处置？"终于，我问道。

"我找了个犹太人，他出了一大笔钱，买下了所有东西。我只把我的画带回家。除此之外，我在这世上就只有一箱衣服和几本书了。"

"很高兴你就要回家了。"我说。

我感觉，这是他放下过去的机会。希望现在看似无法忍受的悲痛，能随着时间的流逝渐渐淡去。慈悲的遗忘会帮助他再次挑起生活的重担。他还年轻，几年后回顾这段惨痛经历，还会在悲伤中品味出某种愉悦之感。他迟早会在荷兰娶个诚实的女人，也肯定能幸福。想到他此生还要画出多少幅蹩脚的画，我就禁不住微笑起来。

第二天，他启程回阿姆斯特丹，我去送了行。

40

接下来的一个月，我因为忙自己的事，没见到跟这桩悲剧有关的任何人，便也渐渐放下了那事。可有一天，我步行外出办事，却在路上碰见了查尔斯·斯特里克兰。一看到他，想忘记的所有可怕事情，一下子全想起来了，令我不由对这个始作俑者心生厌恶。佯装没看见未免孩子气，所以我冲他点了点头，继续快步朝前走。可不一会儿，我感觉有只手搭上了我的肩膀。

"你很着急呀。"他热情地说。

他这人就是这样，总是对厌恶自己的人殷勤备至。我那般冷淡的态度，他应该很清楚我的意思。

"嗯。"我的回答很简短。

"我跟你一起走。"他说。

"为什么？"我问。

"因为高兴和你在一起啊。"

我没有应声，他默默地走在我旁边。就这样走了大约四分之一英里后，我开始觉得有些荒谬。最后，我们经过一家文具店。我突然觉得或许可以进去买点儿纸，借此甩掉他。

"我要进去买点儿东西，"我说，"再见。"

"我等你。"

我耸耸肩，进了店。接着，我又想起法国纸不好，既然没甩掉他，那就不用买不需要的东西了。于是，我故意问了件店里肯定没有的东西，没一会儿回到了街上。

"买到你要的东西了吗？"他问。

"没有。"

我们继续默默向前走。来到一个岔路口时，我在路边停了下来。

"你走哪条路？"我问他。

"跟你一样。"他笑了笑。

"我回家。"

"那我去你家抽口烟。"

"总得等到我邀请你才行吧。"我冷冷地反驳道。

"如果有邀请的话，我愿意等啊。"

"看见前面那堵墙了吗？"我指着墙说。

"嗯。"

"既然如此，那你就该看得出来，我并不欢迎你。"

"没错，我的确隐隐感觉到了。"

我禁不住笑出声来。我有个性格缺陷——无法讨厌能让我发笑的人。不过，我立马又板起脸。

"我觉得你很讨厌。我真是倒霉透顶，遇到你这种最讨厌的家伙。你干吗非要缠着一个讨厌你、又瞧不起你的人呢？"

"老兄，你到底为什么以为我会在乎你对我的看法？"

"见鬼，"我说，因为隐约觉得自己的动机并不值得称颂，我口气更凶了几分。"我不想认识你。"

"怕我把你带坏了？"

他的语气让我觉得很可笑。我知道他正斜睨着我，脸上挂着嘲讽的微笑。

"你是不是手头又紧了。"我傲慢地说。

"如果认为能从你这儿借到钱，那我就是个该死的傻瓜。"

"你要还这么阿谀谄媚，说明真是穷困潦倒了。"

他咧开嘴笑了。

"只要我时不时讨你开心，你永远不会真的讨厌我。"

我得咬住嘴唇，才能不笑出声。他话虽讨厌，却是事实。而我的另一个性格弱点是：一个人无论有多么道德败坏，只要能给予我有力的还击，我就乐意与之交往。我开始觉得自己对斯特里克兰的厌恶，只能靠我单方面的努力来维持。我知道自己道德感薄弱，也看清了我对他的非难多少有点儿故作姿态。而且我还知道，既然我都能感觉到这点，他肯定也凭敏锐的直觉发现了。他准在暗自偷笑，我以耸肩作为掩饰，不再说什么，由着他结束这场对话。

41

我们来到我的住处。我才不会邀请他进屋，所以只顾默默上楼梯。他紧随其后，跟着我进了公寓。虽然从未来过，他却看都没看一眼屋子。要知道，我可是煞费苦心，才把这儿布置得赏心悦目。桌上有罐烟叶，他掏出烟斗装满，坐在唯一一张没有扶手的椅子里，身子一仰，椅子前腿就翘了起来。

"要想舒服，干吗不坐那张扶手椅？"我没好气地问。

"为何要关心我舒不舒服？"

"我才没有，"我反驳道，"我只关心自己舒不舒服。看到别人坐在一把不舒服的椅子上，我就不舒服。"

他咯咯直笑，却并未挪动，只默默地抽烟，不再理会我，显然正在沉思。真不明白他干吗要来。

感受力被长久的习惯钝化之前，作家出于本能，会对人性的独特之处产生兴趣，并沉迷其中，以至于无法用自身的道德感来约束这种兴趣，从而陷入窘迫不堪的境地。研究令他有些吃惊的邪恶时，他内心获得了一种艺术上的满足感。但真诚迫使他承认，他对某些行为的反感，并不如对其成因的好奇心更强烈。将一个恶棍的性格塑造得既完整又符合逻辑，虽然令创造者着迷，对法律和秩序来说，却是一种冒犯。我想，莎士比亚创造伊阿古时，应该比借着月光和幻想创造苔丝德蒙娜时更兴致盎然。作家创造恶棍时，或许满足了内心深处的某些本能，某些因为文明社会的礼仪和风俗，被迫退回神秘潜意识的本能。赋予这个角色血肉，作家那部分无法表达的自我也将因此而获得生命。他从中得到的满足，就是一种得到解放的感觉。

作家更在意洞悉人性，而非判断人性。

我的灵魂中，对斯特里克兰的确有种真真切切的恐惧。但与此同时，我也有想发现其动机的冷漠好奇心。他让我困惑，我急于得知：对于这般善待他的人，他却为他们的生活制造出那样一场悲剧，对此他到底有何感想。我勇敢地拿起了解剖刀。

"斯特洛夫对我说，你给他妻子画的那幅画是你迄今为止最好的作品。"

斯特里克兰把烟斗从嘴边拿开，微笑点亮了他的双眼。

"那幅画我画得很开心。"

"为什么要给他？"

"画完了，它对我来说就毫无用处了。"

"你知道斯特洛夫差点儿毁了它吗？"

"反正总的来说那画也不怎么令人满意。"

他沉默了一会儿，又把烟斗从嘴边拿开，咯咯地笑了起来。

"你知道那小矮子来找过我吧？"

"他的话就一点儿都没打动你？"

"没有。那些话蠢透了，还感伤得很。"

"你大概忘了，是你毁了他的生活。"我说。

他若有所思地摩挲着满是胡须的下巴。

"他是个很糟糕的画家。"

"可他是个非常好的人。"

"还是个一流的厨师。"斯特里克兰嘲弄地补充道。

他的冷酷无情简直没人性，怒火中烧之下，我也不想给他留面子了。

"仅仅出于好奇，我希望你能告诉我，对于布兰奇·斯特洛夫的死，你就一点都不痛心吗？"

我盯着他的脸，想看看有没有表情变化，可他依然无动于衷。

"为什么要痛心？"

"让我来给你讲讲事实。你病得快死了，德克·斯特洛夫把你带回家，像母亲一样照料你，为你牺牲时间、舒适和金钱。是他把你从死神口中夺回来。"

斯特里克兰耸了耸肩。

"那可笑的小矮子喜欢为别人做事。那就是他的生活。"

"你可以不感激，但为何要抢走他的妻子？你出现之前，他们一直很幸福。为何不放过他们？"

"你为什么认为他们过得幸福？"

"这不是显而易见的吗。"

"你很有洞察力，但真觉得他为她做了那件事后，她会原谅他？"

"哪件事？"

"你不知道他为什么娶她吗？"

我摇摇头。

"她原先在某个罗马贵族家里当家庭教师，被那家的少爷诱奸了。她以为他会娶她，结果却被赶了出来。有孕在身的她正要自杀，斯特洛夫发现后，就娶了她。"

"他就是这样。我从未见过像他那般富有同情心的人。"

虽然经常纳闷如此不般配的一对儿是怎么走到一起的，我却从未想过原来是这么回事。德克对妻子的爱不同寻常，或许原因就在于此吧。我早就注意到，他的爱里有某种超越激情的东西。我也记得自己总是纳闷布兰奇的缄默下到底藏了什么不为人知的东西，现在我总算明白，她极力掩藏的，不止一个可耻的秘密。她的平静就像飓风过境后，笼罩小岛的那种沉郁寂静。她的欢乐是绝望中的欢乐。斯特里克兰打断我的思绪，说了句相当尖刻无情的话，吓了我一跳。

"女人可以原谅男人对她的伤害，"他说，"却永远不能原谅他对她做出的牺牲。"

"那你多半能保证，对于跟你有联系的那些女人，你绝不会有招致她们怨恨的风险。"我反驳道。

他的嘴角浮起一丝微笑。

"为了狡辩，你总能牺牲自己的原则。"他回答道。

"那个孩子后来怎么样了？"

"哦，是个死胎。他们婚后三四个月时生的。"

然后，我提出了最让我困惑不解的问题。

"能不能告诉我，你到底为何要招惹布兰奇·斯特洛夫？"

他很长时间都没答话，我差点儿就要再问一次了。

"我怎么知道？"终于，他开口道，"她看到我就受不了，这让我觉得很有趣。"

"我懂了。"

他突然火冒三丈。

"见鬼，我就是想要她。"

但他立马又平静下来，微笑着看向我。

"刚开始，她吓坏了。"

"你跟她明说了？"

"没必要。她明白。我一句话也没说过。她很害怕。最后，我还是得到了她。"

不知为何，他跟我讲述这些时，说话方式奇异地显露出强烈的欲望，令人既窘迫，又恐惧。他的生活奇怪地与物质绝缘，他的身体却时不时对精神发起可怕的报复。他突然被体内的萨梯掌控，在这种具有自然原始之力的本能控制下，毫无抵抗之力。这是彻底的沉迷，让审慎和感激在他的灵魂中再无半点容身之地。

"可你为什么要把她带走呢？"我问。

"我没有，"他皱起眉，应道，"她说要跟我一起走时，我几乎同斯特洛夫一样吃惊。我说我要是受够了她，她就得走。她说愿意冒这个险。"他顿了顿，"她的身体很美，而我正想画一幅裸体画。我画完后，就对她没兴趣了。"

"可她全心全意地爱着你啊。"

他一下子跳起来，在小小的房间里走来走去。

"我不需要爱情。我没有时间恋爱。这是人性的弱点。我是个男人，有时的确需要女人。当欲望得到满足后，我就要去做其他事了。我无法克制自己的欲望，我恨它。它禁锢了我的精神。希望有一天我能摆脱所有欲望，不受任何阻碍地创作。因为女人除了爱情什么也不懂，所以才将其重要性上升到可笑的地步，还想说服我们相信这就是生活的全部。其实，爱情不过是生命中微不足道的一部分，我了解情欲，知道这是正常而健康的。但爱情是一种病。女人只是我享乐的工具，对于她们想成为助手、伙伴或配偶的诉求，我才没耐心搭理。"

我从未听斯特里克兰一口气说过这么多话，还说得如此义愤填膺。但无论是在这儿，还是在别的什么地方，我都不假装自己写下了他的原话。他词汇量很少，也没有遣词造句的天赋，所以必须结合他用过的感叹词、面部表情、手势和所有陈词滥调，才能完全弄懂他的意思。

"你应该生活在女人是奴隶，男人是奴隶主的时代。"我说。

"我不过碰巧是个再正常不过的男人而已。"

见他一脸严肃地说出这话,我禁不住笑了起来。他却继续往下说,也依旧像笼中兽般在屋里走来走去,急于表达自己的感受,却发现很难说得清晰连贯。

"女人一旦爱上你,除非占有你的灵魂,否则她绝不会满意。正因为自身弱小,所以她才有强烈的控制欲,少一点儿都无法满意。女人心胸狭隘,讨厌无法理解的一切抽象之物,满脑子都是物质,对理想心怀妒忌。男人的灵魂能穿越最遥远的宇宙边界,女人却想将其禁锢在账簿中。还记得我妻子吗?我看着布兰奇一点一点地玩起她玩过的所有把戏,试图用无限的耐心抓住我,将我牢牢缚住,拉到跟她同样的水平。她对我一点儿也不关心,只想把我据为己有。她愿意为我做世上的任何事,除了一件:别来烦我。"

我沉默了片刻。

"离开她的时候,你想过她会做什么吗?"

"她可以回斯特洛夫身边,"他恼怒地说,"他随时等着她回去呢。"

"真没人性,"我说,"和你谈这些真是毫无用处,就跟给瞎子形容颜色一样。"

他停在我的椅子前,俯视着我。从他的表情,我读出了轻蔑和惊讶。

"布兰奇·斯特洛夫是死是活,你他妈真的关心?"

因为想如实回答,无论如何也要是心底的真实想法,所以我仔细考虑了他的问题。

"如果说她的死没让我觉得有多大区别，那我未免太缺乏同情心。生活能给她的东西还有很多。她以如此残忍的方式丧命，真是很可怕。但说来惭愧，我真的不在乎她的死。"

"你没勇气面对自己的信仰。人生毫无价值。布兰奇·斯特洛夫自杀并不是因为我离开了她，而是因为她是个愚蠢又疯癫的女人。不过，我们聊天已经聊得够多了，她完全是个无关紧要的人。好啦，我给你看看我的画吧。"

他的口气仿佛我就是个需要分散注意力的孩子。我很恼火，但与其说在生他的气，不如说是在气自己。我想起斯特洛夫和妻子在蒙马特尔那间安逸画室里过着幸福的生活，他们多么纯朴、善良、好客啊。这样的生活却被一场无情的偶然事件打得粉碎，我觉得真是太残酷了。但最残酷的，这件事其实对世人毫无影响。地球照样运转，谁也不会因为这场悲剧而过得更糟糕。我觉得，相比深厚的感情，德克不过是个情绪反应更为激烈的男人。他也会很快遗忘此事。而布兰奇，无论她带着怎样光明的希望和梦想开始生活，也跟从未活过没什么两样。看起来，一起都是虚空，毫无意义。

斯特里克兰拿起帽子，站在那儿看着我。

"来吗？"

"你为何要跟我来往？"我问他，"你知道我既讨厌你，又瞧不起你。"

他咯咯地笑了，一副心情愉快的样子。

"你跟我吵架，其实只是因为我根本不在乎你对我的看法。"

我觉得自己的脸一下子气得通红，要让他明白，他麻木不仁的自私有可能令人义愤填膺，看来是不可能了。我很想刺穿他那身全然冷漠的铠甲。但我最终也知道，他的话有一定道理。或许在潜意识中，我们珍视自己左右他人看法的能力，并痛恨不受我们影响的那些人。我想，对人类的自尊而言，这是最痛苦的创伤。然而，我才不会让他看出我已经生气。

"真有人可以完全不在乎他人的看法吗？"与其说这句话是在问他，倒不如说是在问自己，"现实中，你需要的每样东西都得依靠他人。你总是和别人有种种关系。试图只为自己或只靠自己而活，都愚蠢至极。你迟早会生病、疲倦和衰老，届时肯定会爬回人群。当你的心渴望安慰和同情时，你难道不会羞愧吗？你在试图做一件不可能完成的事。意识中的人性，迟早会让你渴望普通的人际关系。"

"走，去看看我的画吧。"

"你想过死亡吗？"

"为何要想？那并不重要。"

我盯着他。他一动不动地站在我面前，眼里含着讥诮的笑。尽管如此，那一瞬间，我还是隐约感觉到一个充满激情、备受折磨的灵魂正在努力追求一种血肉之躯远无法理解的伟大目标。我匆匆瞥见一种不可言喻的追求。我看着眼前这个衣衫褴褛的男人，看着他硕大的鼻子、闪亮的眼睛、红色的胡须和凌乱的头发，升出一种奇怪的感觉：这仅仅是一具躯壳，我面对的是一个出窍的灵魂。

"走吧，去看你的画。"我说。

　　我不知道斯特里克兰为何突然提出要给我看画，但我很高兴能有这个机会。一个人会在作品中展露本性。社交场合中的人，只会向世人展示他愿意展示的一面。要想了解一个人，只能通过对其下意识间做出的某些细微动作，或脸上转瞬而逝的表情来推断。有时，人们的面具过于完美，久而久之，就真活成了自己假装的那个人。然而，人在自己的著作或画作里，会毫无防备地展露真我。自命不凡只会暴露愚蠢空虚。涂上油漆冒充铁条的木条，依然会被视为木条。无论如何佯装独特，也掩藏不住平庸的头脑。对敏锐的观察者来说，哪怕最漫不经心的创作，也会泄露灵魂深处的隐秘。

　　踏上通往斯特里克兰住处的那段没完没了的楼梯时，我承认自己有点儿兴奋，就像即将踏上一场令人惊奇的冒险一般。我好奇地环顾房间，感觉它甚至比记忆中更小、更空荡。我有些朋友非要大画室，信誓旦旦说除非所有条件都合心意，否则他们就无法工作。如果看到这里，真不知道他们该作何感想。

　　"你最好站在那儿。"他指着一个地方说。他或许认为，对于他要给我看的画，那儿是最佳观赏地。

"你应该不想让我说话吧。"我开口道。

"该死，当然不想。闭上你的嘴。"

他把一幅画摆上画架，让我看了一两分钟，然后取下来，放上另一张。我想，他让我看了三十多幅，是他这六年来的全部成果。一幅都没卖出去。这些画尺寸不一，小点儿的是静物，最大的是风景，肖像大约有半打。

"就这么多。"最后，他说。

真希望我能立刻看出画中蕴含的美和伟大的原创性。如今，我又重新看了其中的很多幅，剩下的因为看过复制品而非常熟悉。真奇怪，第一眼看到它们时，我竟非常失望。当时，我没有感觉到任何艺术应该带来的特别激荡。斯特里克兰的画给我一种仓皇失措的感觉，让我从未生出买画的念头。为此，我一直都在自责。我错过了一个多么千载难逢的机会啊。后来，大部分画作通过各种渠道被博物馆收藏，剩下的也成了富裕外行们珍而重之的私藏。我试图为自己找借口，认为自己的品位不错。但我知道，我的品位缺乏独创性。我对绘画几乎一窍不通，只能沿着前人照亮的路走。当时，我最欣赏印象派画家，渴望得到西斯莱和德加的作品，也崇拜马奈。在我看来，马奈的《奥林匹亚》就是当代最伟大的画。《草地上的午餐》也让我深受触动。我觉得，这些作品就是旷古绝今的巅峰之作。

我就不描述斯特里克兰展示出来的那些画了。描述绘画总是件枯燥乏味的事。再说，凡是对此感兴趣的人，都早已熟知那些画。如今，斯特里克兰对现代绘画的影响已经非常深远；如今，他和少数几人率先探索的国度，也有其他人绘制出地图。因此，现在的人们第一次看到他的画作，会发现自己已经做好接受的准备。但请务必记住，当时的我可从未见过任何同类作品。首先，他笨拙的技巧让我吃惊。看惯了前辈大家的画，又坚信安格尔是近代画技最杰出的人，所以我认为斯特里克兰的技法非常拙劣，完全不懂他追求的那种简明风格。我记得，其中一幅静物画是几个橙子摆在一个盘子里。因为盘子不圆，橙子也不对称，我还有些恼怒。他的肖像画比真人大一点儿，看上去笨拙粗鄙。在我眼里，那些脸就跟漫画一样。对我来说，那些画采用的技法都是全新的。风景画甚至更令我困惑。有两三张画的是枫丹白露的树林，还有几张巴黎的街景。我的第一感觉是：它们或许出自某个喝醉的出租马车车夫之手。我完全糊涂了，觉得那些颜色尤其粗陋。我当时脑中闪过一个念头：这件事就是场无比晦涩的闹剧。现在回想起来，我真是钦佩斯特洛夫的敏锐。他从一开始就看出，艺术领域正在发生一场革命。如今举世公认的天才，他也一早就辨认出来了。

不过，哪怕我困惑又窘迫，也不能说没被打动。即便再愚昧无知，我也感受到那些作品中有一种真正的力量，一种努力表达自我的力量。我兴奋又着迷，认为那些画似乎想告诉我某种特别重要的东西，却又说不清这东西到底是什么。虽然觉得它们丑陋，它们却暗示，而非揭示了一个重大秘密。这些画奇怪地挑逗着我，让我

生出一种无法分析的情感。它们说出了某种言语无力传达的东西。我想，斯特里克兰估计隐隐约约地在物质事物上看出了某种精神意义。这种意义如此怪异，他只能用并不完善的符号来表达。这就好比他在混沌的宇宙中发现一种新样式，于是带着痛苦的灵魂，笨拙地努力将其描绘下来。我看到一个备受折磨的灵魂拼命地试图表达自己。我转向他。

"我想，你是不是用错了方式。"我说。

"你到底什么意思？"

"我想，你在努力表达一些东西。虽然不太清楚那是什么，但我并不确定绘画是最好的表达方式。"

我本以为，看过他的画，我多少就能了解他怪异的性格。我错了。那些画仅仅增加了我心中的惊诧，让我更加茫然。似乎只有一件事是清楚的（或许，甚至这点也是幻想）：他充满激情地想要挣脱某种力量的束缚。但那种力量是什么，以及自由会将他引向何处，依旧朦胧不清。我们每个人都孤独地活在世上，关在一座铜塔里，仅仅通过符号跟同类沟通。那些符号没有共同价值，所以承载的意义模糊不定。我们可怜地向他人传达心中的宝贵思想，他们却没有接收的能力。于是，我们只能孤独前行，哪怕肩并着肩，也形单影只，既无法了解同类，也不能被他们了解。我们就像客居异乡的人，纵使有很多美丽深远的想法可以表达，却因为他人几乎听不懂我们的语言，结果只能局限于绘画手册上的陈词滥调。他们虽然脑中沸腾着无数想法，却只能告诉你园丁姑妈的雨伞在屋子里。

这些画给我最后的印象是：他做出巨大努力，试图表达灵魂的某种状态。我估计，要想弄清这些画为何令我如此困惑，就得从研究这种努力下手。在斯特里克兰看来，颜色和形状显然有独特的含义。他无法忍受地要将某种感受传递出来。只要能离他追求的那件未知事物更近，他就会毫不犹豫地采用简化或歪曲的手段。因为旨在从大量互不相关的事件中找到他认为意义重大的东西，所以事实如何对他来说根本无所谓。他仿佛已经感受到宇宙的灵魂，并且必须将其表达出来。尽管这些画令我困惑不解，我却无法不被其中蕴含的情感打动。不知怎的，我觉得心里仿佛出乎预料地对斯特里克兰产生了一种感情。我竟无比同情他。

"我想，现在我明白你什么会屈服于布兰奇·斯特洛夫的感情了。"我对他说。

"为什么？"

"应该是你失去了勇气。你的肉体将它的软弱传给了灵魂。我不知道支配你的那种无限渴望是什么，反正它逼着你踏上一条危险又孤独的探寻之路。你希望抵达目的地后，能最终摆脱那个折磨你的灵魂。在我眼里，你就像个永恒的朝圣者，追寻着某座或许根本不存在的神祠。我不知道你追寻的到底是哪种不可思议的涅槃。你自己知道吗？或许，你追寻的是真理和自由，但在某个瞬间，你又以为自己可能在爱情中得到解放。我想，你疲惫的灵魂渴望在女人的怀中休息，等你发现事与愿违时，便开始憎恶那个女人。你不会怜悯她，因为你连自己也不怜悯。你是出于恐惧才逼死了她，因为你还在为不久前的化险为夷瑟瑟发抖呢。"

他扯着胡子，冷冷地笑了一下。

"你真是个可怕的感伤主义者，我可怜的朋友。"

一星期后，我偶然听说斯特里克兰去了马赛。从此，我再没见过他。

43

　　回头看看，我发现自己对查尔斯·斯特里克兰的那些描述，肯定令人很不满意。虽然把知道的几件事都写下来了，但因为不明事发原因，那些描述依旧模糊不清。最奇怪的是斯特里克兰为何决意要当画家，这点看起来着实任性。虽然从他的生活环境中肯定能找到一些原因，我对此却一无所知。而从他的个人言谈中，我寻不到半点蛛丝马迹。如果我在写小说，而非记叙一位个性独特之人的真实事迹，我就能杜撰很多经历，来解释这一心迹变化。我想，我多半会写他童年时就立志献身绘画，却因为父亲的意愿或迫于生计，不得不做出牺牲。我会描写生活的种种束缚令他焦躁不安。若写他在对艺术的热爱和应尽的职责间苦苦挣扎，我肯定能唤起读者对他的同情。我可以将他塑造成一个更英伟不凡的角色。读者或许还会将他视为新时代的普罗米修斯。或许，我真能借此机会，塑造出一个现代英雄，让他为了人类的利益，甘愿承受痛苦。这样的主题，向来感人。

　　另外，我或许还能从婚姻关系中寻找会激发他这般动机的影响。从这点出发，我应该有十几种方式来讲述这个故事：在与妻子结交的那些画家和作家的接触过程中，那些人或许激发了他潜在的绘画天赋；家庭不和可能让他转而专注自我；一场婚外恋或许把在其心中闷燃的火焰燃成明亮之火。若果真如此，我笔下的斯特里克兰太太也该完全变成另外一副样子。我得罔顾事实，将她写成一个唠叨讨厌，或偏执狭隘、漠视精神追求的女人。我应该把斯特里克兰的婚姻写成一场漫长的折磨，而逃离是他唯一的出路。我想，我应该强调他对那位并不合适的伴侣多么有耐心，又如何出于同情，不愿卸下压在自己身上的重担。当然，我肯定不会写他们的孩子。

要想让故事深刻感人，我也可以让他跟某位老画家接触。这位画家年轻时迫于压力，也可能是渴望商业上的成功，浪费了自己的天赋。此刻在斯特里克兰身上看到被自己浪费掉的潜力，便劝他抛弃所有荣华，献身神圣的艺术。我想，描述这样一位成功的老人应该很有讽刺意味。他生活富裕、受人尊敬，明知另一种生活更好，却无力追求。

事实却沉闷得多。斯特里克兰刚毕业就进了一家经纪人事务所，并且一点儿都不反感这种生活。结婚之前，他一直过着跟同事们一样的普通生活：在交易所里做些不大不小的投机生意，关注德比赛马或牛津和剑桥的赛艇结果，但顶多只下一两英镑的赌注。我想，业余时间他也会打打拳。他的壁炉架上摆着兰特里夫人和玛丽·安德森的照片。他读《笨拙周报》[1] 和《体育时代》，会去汉普斯特德参加舞会。

我有很长时间没见到他并不重要。那些年里，他奋力熟练绘画这门困难的艺术，生活一直都很单调。为了挣钱糊口，他偶尔也会干些别的。我不知道那些经历有什么值得书写的价值。哪怕写下来，也跟发生在别人身上的事毫无二致。我并不认为那些事会对他的性格产生任何影响。如果要写一部流浪汉闯荡现代巴黎的小说，他倒是可以提供丰富素材。可他始终超然世外，从他的言谈便可判断：那些年里，并没有什么能给他留下深刻印象的事。或许他去巴黎时年纪已经太大，不会再被周围环境诱惑。虽然看起来可能有些奇怪，但我一直觉得他不仅讲究实际，更是个一眼一板的人。还以为他这段时间的生活富于浪漫色彩，他却显然没看出这点。一个人若想感受到生活中的浪漫，或许得先有点儿演员特质。而要想跳出自身，就必须在观察自己行为的过程中，同时拥有旁观者的独立视角和沉浸其中的专心致志。然而，没人能比斯特里克兰更一心一意。我认识的人中，他是自我意识最强烈的一个。但遗憾的是，我无法描述他如何一步一步，艰难地掌握这门后天习得的技艺。因为，如果我能展示他如何不惧失败，如何勇气十足地坚持努力、从不绝望，以及如何顽强地抵抗住了艺术家最仇视的敌人——"自我怀疑"，我或许真能激起读者对此人的同情。可我非常清楚，这样一

---

① 译者注：伦敦一种适合中产阶级趣味的幽默刊物，于 2002 年停刊。

个人物显然毫无魅力。然而，我没有可以为继的素材。我从没见过斯特里克兰作画，也不知道谁见过。他的奋斗历程都是属于自己的秘密。独自待在画室时，若斯特里克兰真跟上帝的天使绝望地搏斗过，他也从未让任何人发现他的痛苦。

写到他跟布兰奇·斯特洛夫的关系时，我也为自己掌握的事实太过零碎而苦恼。要让故事通顺连贯，我应该循序渐进地描写两人悲剧性的结合过程。然而，我对他们三个月的同居生活一无所知。我不知道他们如何相处，也不知道他们会聊些什么。毕竟，一天二十四小时，情感的高潮只是间或出现的稀有片段。我只能想象他们如何度过剩下的时光。灯还亮着，布兰奇也还有力气坚持时，斯特里克兰多半在画画。而她看到他如此专注地工作，肯定恼恨不已。那种时刻，他眼中并没有作为情人的她，有的只是一个模特。此外，纵然生活在一起，他们还是有很多相顾无言的时候。这一定让她害怕。斯特里克兰曾暗示，布兰奇的委身让他有种胜过德克·斯特洛夫的感觉，毕竟后者曾向走投无路的她施以援手。这样的暗示无疑为很多阴暗的猜测打开了一扇门。但愿这不是真的，因为它让我害怕。然而，谁又能摸透难测的人心？当然不是那些只希望看到高尚情操和正常情感的人。布兰奇发现斯特里克兰偶尔激情勃发，其他时候却始终冷漠时，她一定满心沮丧。我猜，哪怕在激情时刻，她也知道对他而言，自己并非一个人，而是一件取乐的工具。尽管她用一切引人怜悯的手段，竭尽所能地把他拴在身边，他仍是个陌生人。她想方设法地用舒适生活诱捕他，却不知道他根本不在乎舒不舒适。她费尽心思地做他爱吃的食物，却看出他吃什么都无所谓。她害怕留他一人，总是亦步亦趋地精心伺候。他的激情一旦冷却，她就千方百计地将之唤醒，因为在那种时刻，她至少可以幻想自己掌控了他。或许，她的智慧早已让她明白，她锻造的那条锁链只会激起他破坏的本能，就像商店的玻璃橱窗总看得人手痒，恨不能捡起半块砖砸上去一样。可是，她的心已经失去理智，只会令她继续沿着这条不归路走下去。虽然肯定很不开心，但爱情的盲目让她相信：自己追求的目标一定能实现。那般伟大的感情，怎么可能唤不醒对方相同程度的爱？

然而，抛开我对很多事实一无所知这点，我对斯特里克兰性格的研究还有个更大的缺陷。因为他与女人的关系那般显而易见、惹人注目，我实在无法不将其记录下来。可对他的人生来说，那些经历又如此微不足道。讽刺的是，这些经历却那般悲剧地影响了他人的人生。斯特里克兰真正的生活，反而是由梦想和极其艰辛的工作组成。

小说的不真实之处就在于此。通常来说，爱情不过是男人生活中的一段插曲。小说将其放在重要位置，与现实生活并不符。虽然极少数男人会将爱情视为世界上最重要的事，但这样的男人都不太有趣，哪怕爱情至上的女人，也会瞧不起他们。尽管被这样的男人哄得心花怒放，兴致高昂，她们还是会心生不适，觉得他们是可怜的生物。但男人哪怕在短暂的间隙坠入爱河，还是会分神做别的事：关照谋生的交易、沉迷体育，或对艺术产生兴趣。大多数情况下，男人们会在不同时间安排不同的活动，从事某项活动时，也能暂时放下别的。他们有集中精力、只专注眼前事物的能力。如果一项活动干扰了另一项，就会让他们厌烦恼怒。同样坠入爱河，男人与女人的区别在于：女人可以一天到晚都恋爱，男人却只能偶尔为之。

对斯特里克兰来说，性欲只占很小一部分，不仅不重要，还很讨厌。他的灵魂意在别处。虽然有强烈的情欲，身体偶尔也会在欲望的控制下纵情发泄一番，但他讨厌这种让其丧失自制的本能。我想，他甚至讨厌那个必不可少的性伴侣。重新掌控自身后，一看到那个供其取乐的女人，他就浑身发颤。那一刻，他的思绪会平静地漂浮在空中，令他对那个女人生出一种恐惧之情。这种感觉或许就像盘旋于花朵周围的斑斓蝴蝶，对成功摆脱的肮脏虫蛹的恐惧一样。我认为，艺术是性本能的一种体现。看见一个可爱的女人，跟看见黄色月光下的那不勒斯湾或提香的《埋葬基督》，在人们心中激起的情感都是一样的。斯特里克兰讨厌正常的性释放，或许是因为他觉得相比创作带来的满足，这种方式显得太粗俗。如果我塑造了一个残忍、自私、野蛮又耽于酒色的人，却要说他是个伟大的理想主义者，那甚至连我都会觉得奇怪。然而，这就是事实。

斯特里克兰活得比工匠还清苦，却比他们工作更努力。大多数人追求的那些令生活更雅致美好的东西，他都毫不在乎。他无视金钱和名声。但你不用赞美他抵制住了这些诱惑，没有向我们大多数人妥协的世界低头。因为对他来说，那些都算不上诱惑，他脑中从未生出妥协的念头。他虽住在巴黎，却过得比底比斯沙漠里的隐士更孤独。他无事求人，只愿谁都别去打扰他。他一心一意地追求自己的目标，不仅愿意为此牺牲自我（很多人都能做到这点），也能牺牲他人。他有理想。

　　斯特里克兰是可憎的人，但我依然认为：他很伟大。

　　如何看待其他画家的绘画技艺也很重要，所以，我自然要在此记录下斯特里克兰对过去那些伟大画家的看法。恐怕值得记录的东西也不多。斯特里克兰不善言辞，说不出振聋发聩、令听者印象深刻的话。他一点儿也不风趣，就算我以某种方式成功再现他的说话方式，读者也不难看出，他的幽默就是冷嘲热讽。他的巧辩是粗鲁的。尽管他有时也能通过讲真话引人发笑，但那种幽默仅仅是因为异乎寻常，才具有逗笑别人的力量。他若经常这么做，别人就不会觉得有趣了。

　　我得说，斯特里克兰不是个智力超群的人，他对绘画的看法毫无独到之处。我从未听他说起那些绘画风格在某种程度上与他类似的画家，比如塞尚或梵高。我非常怀疑，他是否看过他们的作品。他对印象派不是很感兴趣。虽然印象派画家的绘画技巧给他留下深刻印象，但我想，他应该认为那些人描绘的姿态相当平庸。斯特洛夫滔滔不绝地夸赞莫奈有多么杰出时，他却说："我更喜欢温特哈尔特。"但我敢说，他那么讲只是想惹恼对方。若果真如此，那他当然成功了。

　　无法写出他如何对过去那些大师大放厥词，让我很是失望。他的性格如此古怪，如果观点再能惊世骇俗，那我对他的塑造就算完整了。我感觉有必要让他对前辈们发表一些稀奇古怪的言论，可他跟其他每个人一样，对他们的评价都相当高，这点真是让我大失所望。我相信，他根本不知道艾尔·格列柯是谁。他很仰慕贝拉斯克斯①，却又对他有些不耐烦。夏尔丹令他愉快，伦勃朗让他狂喜。他用粗俗得我无法复述的语言，向我描述伦勃朗给他留下的印象。他感兴趣的画家里，完全出人意料的只有一个——老布吕格尔。当时，我对这位画家知之甚少，斯特里克兰也没有把自己的想法解释清楚的能力。我之所以还记得他对他的评价，是因为他的描述实在无法令人满意。

　　"他还行吧。"斯特里克兰说，"我敢打赌，他肯定认为画画就跟下地狱一样痛苦。"

　　后来，我在维也纳见到几幅彼得·布吕格尔的画，终于明白他为何会引起斯特里克兰的兴趣。他也是个用独特视角看世界的人。当时，我做了大量笔记，打算写写这位画家。可我把笔记弄丢了，现在只想得起一种情绪。布吕格尔似乎觉得自己的同类荒诞不经，也因为这种荒诞不经对他们充满愤怒。生活一片混乱，充斥着各种荒唐污秽之事，不过是个大笑话。可他因此而发笑时，却满心悲伤。

---

① 译者注：1599—1660，西班牙画家，西班牙国王菲利普四世的宫廷画师，画风写实，作品有《腓力四世像》《布雷达守军投降》《纺织女》《宫女》等。

布吕格尔给我留下这样一种印象：他努力用一种方式表达的感觉，其实更适合换一种方式。但或许就是这种模糊的意识，激起了斯特里克兰的共鸣。两人试图用绘画来表达的东西，没准儿更适合用文学来表达。

此时，斯特里克兰肯定已经快四十七岁了。

　　我已经说过，如果不是偶然来到塔希提岛，我肯定不会写这本书。查尔斯·斯特里克兰辗转流浪了很多地方，最终也来到塔希提岛。也正是在此处，他画下了那些令他名垂青史的巨作。我想，没有哪位艺术家能将自己痴迷的梦境彻彻底底地表现出来。而在表现心眼所见之物上，一直不胜烦扰地与画技做斗争的斯特里克兰或许比其他画家更力不从心。但在塔希提岛，环境比别处更适合他。他在周围环境中发现了很多能有效激发灵感的必然之物，至少，他后期的作品暗示了他追求的目标。那些画为我们的想象力提供了一种全新而奇特的角度。仿佛他那脱离躯壳、四处寻找栖身之所的灵魂在那个遥远的国度如愿以偿，终于能回归肉身。用一句俗话来说，就是"他最终在这儿找到了自己"。

　　按理说，一抵达这个偏远的岛屿，我就该立刻重燃对斯特里克兰的兴趣。但工作占用了我的全部精力，让我完全无暇顾及其他，所以住了好些天，我才想起他与此处的关联。毕竟，我们十五年未见，他逝世也有九年了。但我本以为到了塔希提岛后，再重要的事都会被抛诸脑后，其实我却忙了整整一周，仍觉得很难理清思路。
还记得在岛上的第一个清晨，我很早就醒了，走到酒店阳台后，周
围一个人都没有。我慢悠悠地去了厨房，门还锁着。一个当地男孩
躺在门外的一条长凳上睡觉。看来一时半会儿还吃不上早饭，我便
悠闲地朝水边走去。许多中国人已经在店里忙活开了。天空现出黎
明前的灰白，环礁湖仍笼罩在一片死寂中。十英里外的穆雷亚岛就
像一座圣杯状的堡垒，守护着自己的神秘。

　　我简直不相信自己的眼睛。离开惠灵顿后，日子似乎就过得
很不寻常。惠灵顿干净整洁，很有英伦风情，会让人想起英国南岸
的海港小镇。起航后，一连三天，海上都狂风暴雨，乌云滚滚，你
追我赶地掠过天际。后来，风停了，海面恢复平静，一片湛蓝。太
平洋比其他大洋更荒凉孤寂，海域似乎更辽阔，哪怕最平常的一次
旅程，到了这里也会带上某种冒险意味。吸入的空气仿佛长生不老
药，能让你做好一切准备，迎接任何意外之事。在肉体凡胎的世人
眼中，与其说这是在驶向塔希提岛，不如说是在驶向一片金色的幻
想国度。壮美嶙峋的姊妹岛——穆雷亚岛仿佛魔法棒幻化出的一片
锦缎，神秘地从荒凉海面骤然升起。那参差不齐的轮廓就像太平洋
里的蒙特塞拉特岛，让人不由觉得波利尼西亚的骑士们正以某种奇
特的仪式，来守卫某些不为人知的邪恶秘密。距离越来越近，山峰
秀美的形态虽随之清晰起来，但乘船从旁经过时，你还是会发现它
严守秘密，摆出一副沉默而不可侵犯的样子，仿佛蜷起身子，缩进
了一片难以抵达的坚硬、阴森之地。凑近去礁石间寻找入口，若它

突然从你眼前消失，目力所及之处只余蔚蓝孤寂的太平洋，你也千万不要感到惊讶。

塔希提是一座高耸于海面的绿色岛屿，那些暗绿色的深褶，大概就是寂静的山谷吧。神秘的幽暗深谷中，清凉的溪水汩汩流淌，让你觉得那些浓荫蔽日之处，远古时代的生命仍以同样的方式，延续至今。即便在这儿，也有某种令人悲伤和恐惧的东西。但这种印象转瞬即逝，你只会更加敏锐地享受当下的快乐。这就像快活的人们被小丑的俏皮话逗得哈哈大笑之际，你却可能在小丑眼中看见悲伤一样。小丑的嘴角挂着微笑，讲出的笑话越来越滑稽，因为观众的笑声越响亮，他就越感觉到难以忍受的孤独。塔希提岛友好地微笑着，如一位不吝展示自己所有魅力和美貌的可爱女人。没有什么比驶入帕皮提港更抚慰人心的事了：一艘艘纵帆船整整齐齐地停靠在码头上，沿岸小镇洁白典雅。蓝天下，绯红的凤凰木尽情炫耀着自己的色彩，仿佛在激情地呐喊。那毫无顾忌的野性张狂简直令人血脉贲张，喘不过气来。汽船靠近码头，蜂拥而来的人群多么欢快，多么有礼啊！他们吵吵嚷嚷、兴高采烈，不断地挥舞着手臂。那是一片棕色面孔组成的海洋，你会觉得有一大片色彩在炫目的蓝天下移动。无论是卸行李，还是海关检查，似乎每件事都在那喧嚷中完成了。每个人似乎都在冲你微笑。天气很热，各种颜色令人眼花缭乱。

46

到塔希提没几天，我便见到了尼科尔斯船长。一天早晨，我正在旅馆露台上吃早餐，他走过来做了自我介绍。听说我对查尔斯·斯特里克兰感兴趣，他便想跟我聊聊这个人。跟英国的乡下人一样，这儿的人也很喜欢闲聊。先前我向一两个当地人打听过斯特里克兰的画，看来消息很快就传开了。我问这位陌生来客是否已经吃过早饭。

"吃过啦，我一早就喝了咖啡，"他应道，"但不介意再来点儿威士忌。"

我把旅馆的中国伙计叫了过来。

"你不觉得，现在喝威士忌太早了？"船长说。

"这得由你和你的肝来决定。"我回答。

"我几乎算是个戒酒主义者。"他边说，边给自己倒了大半杯加拿大克拉伯牌威士忌。

他咧嘴一笑，露出并不整齐的黑牙。他很瘦，顶多中等身材，一头灰发剪得很短。嘴边灰白的胡茬又短又粗，看样子是好几天没刮过了。他脸上皱纹很深，皮肤因长年日晒变成了棕色。一双蓝色的小眼睛异常灵动，转得飞快，连我最细微的动作都能跟上，整个人一看就是根老油条。眼下，他却表现得满腔热忱，非常友好。他穿了身破破烂烂的卡其布套装，双手也脏得早该洗洗了。

"我跟斯特里克兰很熟，"说着，他把身子往椅背上一靠，点燃我递给他的雪茄，"他是因为我的关系才来到这儿的。"

"你在哪儿认识他的？"我问。

"马赛。"

"你在马赛做什么？"

他冲我讨好地笑了笑。

"呃，估计当时我正穷困潦倒。"

从这位朋友眼下的模样来看，他应该是陷入了同样的困境。于是，我做好准备，决定交个朋友。与这些海滨流浪汉打交道，你付出的小小恩惠，总能得到回报。他们很容易接近，聊起天来谦恭有礼。这种人很少摆架子，一杯酒肯定能赢得他们的心。不用费多大劲，你就能跟他们打成一片。只要认真倾听，你就能获得他们的信任和感激。流浪汉们觉得聊天是生活中最大的乐趣，并借此证明自己修养绝佳。大多数情况下，他们都是令人愉快的谈话者，丰富的想象力往往也能平衡阅历的不足。不能说这些人不奸猾，但只要法律得到强力支持，他们还是会遵纪守法。虽然跟流浪汉打扑克风险极高，但他们的足智多谋能给这世上最有趣的游戏平添一种别样的刺激。我离开塔希提岛时，已经跟尼科尔斯船长相当熟悉。而我俩的交往中，我才是获益更多的那个。我不在乎请他抽的那些雪茄和喝的威士忌（他一直拒绝鸡尾酒，因为他其实是个戒酒主义者）。虽然他以一副施恩帮忙的姿态找我借过几美元，事后也一直没还，但无论如何，我付出的代价，都比不上他带给我的快乐。自始至终，都是我欠了他。因此，如果强迫自己不跑题，仅用短短几行就把他打发掉，我一定会良心不安。

我不知道尼科尔斯船长最初为何离开英国。这事他一直讳莫如深，而依他的性子，直接问肯定很不谨慎。他暗示曾受到不白之冤，显然将自己视为执法不公的牺牲品。我联想到各种诈骗和暴力行为，他抨击英国当局过于机械死板时，我倒是很同情地表示赞同。但我很高兴地看到：在祖国遭受的不快，并未有损他的爱国热情。他经常说英国是全世界最好的国家，觉得自己作为英国人，比美国人、殖民地人、拉丁人、荷兰人和夏威夷土人都优越得多。

可我觉得他活得并不快乐。因为消化不良，我经常看见他嘴里含着胃蛋白酶片。每天早晨，他的胃口都很差。但如果只是这点折磨，倒还不至于影响他的精神。他对生活如此不满，还有一个更大的原因。八年前，他草率地和一个女人结了婚。毫无疑问，仁慈的上帝注定让某些男人单身。可他们要么出于执拗，要么迫于环境，违背了这份旨意。没有谁比这种已婚的单身汉更值得同情。尼科尔斯船长便是这种人。我见过他的妻子。那女人估计二十八岁，但她属于永远让人猜不透年龄的人。因为她二十岁时不会比现在更年轻，到了四十岁也不会显得更老。此人给我的印象就是相当紧绷：相貌平平的脸上，两片薄唇抿得很紧；皮肤紧紧包裹着骨头。笑起来脸是绷着的，头发一丝不苟地紧贴头皮；身上的衣服也很紧，一身粗斜纹布装生生穿出了黑邦巴辛毛葛的效果。我想不通尼科尔斯船长为何要娶她，娶了之后又为何没抛弃她。或许他已经试过很多次，却没有成功，所以才如此忧郁。无论跑多远，不管藏于何处，我想，尼科尔斯太太肯定都会如势不可挡的命运或残酷无情的良心一样，很快便来到他身边。他甩不掉她，就像因永远逃不开果一样。

这种无赖跟艺术家一样，或许也跟绅士一样，不属于任何阶级。流浪汉的寒酸不会让他尴尬，王公贵族的礼仪也不会让他局促不安。但尼科尔斯太太出身的阶层可以明确界定，即声名渐响的中下等阶层。她的父亲其实是名警察，我敢说肯定还是个很能干的角色。虽然不知道她为何缠着船长不放，但我想肯定不是出于爱情。我从没听过她讲话，但私下里她说不定也很健谈。总之，尼科尔斯船长怕她怕得要死。有时，哪怕跟我一起坐在旅馆露台上，他也会突然感觉到她已经走上外面的马路。她从不喊他，也不会露出任何已经知道他行踪的迹象，只会泰然自若地走来走去。这时，船长就会很奇怪地开始不安，然后看看手表，发出一声叹息。

"唉，我得走了。"他说。

这时，俏皮话或威士忌就都留不住他了。然而，他曾是个面对飓风和台风也毫无惧色的人。只要有把左轮手枪，他也会毫不犹豫地跟十几个赤手空拳的黑人搏杀。有时，尼科尔斯太太会派女儿到旅馆来。那个七岁的小女孩总是面色苍白，一脸阴沉。

"妈妈找你。"她哼哼唧唧地说。

"很好，亲爱的。"尼科尔斯船长道。

他会立刻起身，跟女儿一起沿着马路离开。我想，这是一例精神战胜物质的绝佳范例。因此，虽然我跑题了，但这段描述至少还是起到了一定教育意义。

47

尼科尔斯船长跟我讲了一些跟斯特里克兰有关的事，我会试着将它们串起来，尽量有序地表述在此。我在巴黎跟斯特里克兰的最后一次会面后，他们于那年冬末相识。斯特里克兰如何度过中间的几个月，我不得而知。但他肯定过得很艰难，因为尼科尔斯船长第一次见到他是在夜间收容所。当时，马赛发生了罢工，斯特里克兰显然已到山穷水尽的地步，连维持温饱的钱也挣不到了。

夜间收容所是一幢巨大的石头建筑，穷光蛋和流浪汉只要证件齐全，都能让管事的托钵修会修士相信他们是工人，便能在那儿借住一周。在等待开门的人群中，因为斯特里克兰身材和奇特的样貌，尼科尔斯船长注意到了他。等待的人都无精打采，有些走来走去，有些倚在墙上，有些坐在路边，脚则踏在排水沟里。众人鱼贯进入办公室后，船长听见选读证件的修士跟斯特里克兰说英语。不过，船长并没有机会跟斯特里克兰说话。因为他刚走进公共休息室，一位修士便夹着一本巨大的《圣经》，登上房间那头的讲台，布起道来。这些被抛弃的可怜人只能忍耐，作为获得食宿的代价。船长和斯特里克兰被分到不同的房间。第二天清晨五点，一个健壮的修士就把所有人都喊了起来。等船长铺好床、洗过脸，斯特里克兰早就不见踪影了。尼科尔斯船长冒着严寒在街上晃悠了一个小时，便朝水手们经常聚会的维克多·格鲁广场而去。在那儿，他又看到了斯特里克兰。后者正靠着一尊雕像的底座打盹儿。他一脚将他踢醒。

"老兄，走，去吃早饭吧。"他说。

"滚。"斯特里克兰应道。

我那位朋友向来词汇匮乏，这一听就是他会说的话。由此，我便把尼科尔斯船长视作值得信任的见证人。

"一分钱都没了吧？"船长问。

"去你妈的。"斯特里克兰回道。

"跟我走，我给你弄顿早饭。"

犹豫片刻后，斯特里克兰挣扎着爬了起来。两人一起去了施舍面包的救济站。肚子饿的人可以在那儿领面包，但必须当场吃掉，不能带走。然后，两人又去了施舍汤的救济站。每天十一点和四点，连续一周，一人可以在那儿领一碗咸稀汤。两个地方相隔很远，所以，只有饿极了的人才会忍不住两头跑。就这样，查尔斯·斯特里克兰和尼科尔斯船长吃到了早饭，两人奇怪的友谊也由此开始。

他们在马赛大约共度了四个月的时光，日子过得很平淡。如果奇遇意味着出人意料或激动人心的事，那他俩真是没什么奇遇。为了夜晚有地方住，也为了免受饥饿之苦，他们整日都忙着赚钱。尼科尔斯船长栩栩如生的描述让我浮想联翩，我真希望自己能在此提供几幅多姿多彩的生动画面。他对海滨小城底层生活的描述，完全可以写成一本迷人的书。他们遇到的各色人等，或许也足够研究者轻松编纂出一部非常详实的流浪汉大辞典。在此，我却只能用几段话聊以自慰。在我听来，那是一段紧张、严酷、野蛮、多姿多彩、活泼动人的日子。我熟悉的马赛是人们说话爱打手势、阳光明媚、舒适的酒店和餐馆满是富人的地方。与尼科尔斯船长的描述相比，我印象中的马赛真是平庸又乏味。尼科尔斯船长描绘的那些景象，能亲眼目睹的人真是让我羡慕。

夜间收容所将斯特里克兰和尼科尔斯船长拒之门外后，他们便去了硬汉比尔那儿借宿。比尔开了家海员寄宿公寓，他是个身材高大、铁拳生威的穆拉托人①。他给暂时失业的水手提供食宿，直到他们找到新工作。斯特里克兰和尼科尔斯船长在那儿住了一个月，由比尔安排，跟另外十几个瑞典人、黑人和巴西人睡在两间空屋子的地板上。

每天，两人都会跟比尔去维克多·格鲁广场。想雇用水手的船长们都会去那儿招人。比尔娶了个又肥又邋遢的美国女人。天知道她是怎么堕落到那种地步的。寄宿者们每天轮流帮那女人做家务。斯特里克兰给硬汉比尔画了张肖像，以此免掉了做家务的差事。尼科尔斯船长觉得这真是比非常划算的买卖。硬汉比尔不仅出钱买了画布、颜料和画笔，还给了斯特里克兰一磅走私的烟草做报酬。据

---

① 译者注：指黑人与白人的第一代混血儿或有黑白两种血统的人。

我所知，那幅画或许还挂在若利耶特码头附近某间破房子的客厅里，现在多半已经能卖到一千五百英镑。斯特里克兰本想乘船去澳大利亚或新西兰，然后再设法去萨摩亚或塔希提岛。我不知道他为何动了去南太平洋的念头，但我还记得他早就满脑子都是海岛，希望能到一个满眼葱郁、阳光明媚、周围海水比北半球海洋更蓝的岛上去。我想，他之所以缠着尼科尔斯船长，就是因为后者很熟悉那片区域吧。而且，也正是尼科尔斯船长说服他，去塔希提岛生活更舒适。

"要知道，塔希提岛是法国人的，"尼科尔斯对我解释，"法国人才没那么死板。"

我想，我明白他的意思。

斯特里克兰没有身份证件，但只要有利可图，硬汉比尔并不在意。他替水手介绍工作，然后收取受益者第一个月的工资做酬劳。当时，恰好有个英国锅炉工死在他的公寓，他便把那人的证件给了斯特里克兰。可尼科尔斯船长和斯特里克兰都想往东走，当时可能要人的船又只往西行。有两次前往美国的不定期货轮提供职位，都被斯特里克兰推掉了。另外还有一艘去纽卡斯尔的煤船雇人，他也拒绝了。硬汉比尔见最后自己只会吃亏，终于对这种固执失去耐心，干脆利落地将斯特里克兰和尼科尔斯船长赶了出去。于是，两人发现自己再次流落街头。

硬汉比尔那儿的饭菜虽然难得丰盛，让人从桌旁起身时，几乎也跟刚坐下时一样饿，但之后好些天，他俩都有足够的理由表示怀念。他们体会到了饥饿的滋味。施舍汤的救济站和夜间收容所都没资格再去，唯一的果腹之粮就只剩救济站施舍的面包。夜里，两人能睡哪儿就睡哪儿，有时在火车站附近岔线上的某节空车厢里，有时在仓库后面的大车上。但天气实在太冷，极不舒服地打上一两小时盹，他们就又得在街上溜达溜达。最难受的是没烟抽。尼科尔斯船长更是离开烟就活不下去，所以会去啤酒馆捡头天晚上散步者们扔下的烟头和雪茄头。

"我还用烟斗抽过比这更糟糕的混合烟，"他豁达地耸耸肩，又补了一句。然后，他从我递过去的烟盒里拿出两根雪茄，一根叼在嘴里，一根揣进了口袋。

偶尔，他们也能赚到一点儿钱。有时，一艘游轮进港，已经设法跟计时员混熟的尼科尔斯船长就能成功为两人争取到装卸工之类的活。如果是英国船，他们就溜进前部的水手舱，在船员那儿饱饱地吃顿早餐。不过，他们也得冒一定风险。要是碰到高级船员，就会被赶下舷梯，走得慢了，还会挨上一脚。

"只要能填饱肚子，屁股上挨一脚有什么关系，"尼科尔斯船长说，"从不为这种事生气，高级船员是得考虑纪律。"

我脑中顿时现出一幅生动的画面：不等愤怒的大副抬起脚，尼科尔斯船长就头朝下，顺着狭窄的舷梯滚了下去。而生为一个地道的英国人，他还会为商船严明的纪律欣喜不已。

鱼市上常常有零活可干。一次，卡车要把卸在码头上的很多箱橘子运走，他们一人挣了一法郎。有一天，两人非常走运：一艘绕过好望角，从马达加斯加而来的不定期货船需要刷漆，一家寄宿公寓的老板签下了这份合同。于是，两人一连几天都站在悬于船侧的木板上，给生锈的船体刷油漆。对善于自嘲的斯特里克兰来说，那情形肯定很有吸引力。我问尼科尔斯船长，斯特里克兰在那些艰苦的日子里表现怎么样。

"从没说过一句气恼的话，"船长回答，"虽然有时会发点儿脾气，但我们从早晨起就没吃上一口东西，或者连中国人的钱也挣不到时，他还是像蛐蛐一样活蹦乱跳。"

对此，我并不惊讶。斯特里克兰就是这种超然物外的人，哪怕面对的环境对大多数人来说都相当丧气。但只是到底是出于灵魂的泰然，还是因为矛盾的个性，就很难说清了。

布特里街边上有家破旧的小旅馆，被海滨流浪汉们称为"中国茅房"。店主是个独眼中国人，只要花六个苏就能睡小床，三个苏则睡地板。两人在那里认识了不少同样穷途末路的朋友，身无分文的苦寒之夜，他们很乐意向任何白天多赚了一法郎的人借点儿住宿费。这些流浪汉不管谁有了钱，都会毫不犹豫地跟其他人分享。大家虽然来自全球各地，但并不妨碍他们认为自己是同一个伟大国度——安乐乡的自由民。

"但我想，斯特里克兰要是发起脾气来，也是不好惹的。"尼科尔斯船长若有所思地说，"一天，我们在广场上碰见硬汉比尔，那人想要回他之前给查理的身份证件。

"'想要你就过来拿。'查尔斯说。

"比尔虽然是个身强力壮的家伙，却还是被查尔斯那样子唬住，于是开始不停咒骂，把能用的脏话都用上了。硬汉比尔骂起人来可真是值得一听。呃，查尔斯忍了一会儿，就走上前，只说了一句：'滚开，你这头该死的蠢猪。'话虽没什么，但他架势惊人。硬汉比尔再没多说一个字，明显有些怕了，做出一副想起还有约的样子，转身就走了。"

按照尼科尔斯船长的说法，我的用词并不是斯特里克兰当时骂人的那些话，因为这本书旨在供家庭阅读，所以最好还是牺牲一点儿真实性，把他的表述改成老少咸宜、耳熟能详的语言吧。

不过，硬汉比尔可不是个受得了普通水手羞辱的人。他的权力得依赖自身威望。因此，住在他公寓的水手们一个接一个地跑来告诉两人，比尔发誓要干掉斯特里克兰。

一天晚上，尼科尔斯船长和斯特里克兰坐在布特里街的一个酒吧里。布特里街很窄，两边都是单层平房，每所房子只有一个房间，就像拥挤市场里的货棚或马戏团的兽笼。每扇门前都能看见一个女人。有的女人懒洋洋地倚在门柱上，不是兀自哼着曲，就是用沙哑的嗓音冲路人打招呼。有的则没精打采地看书。她们中有法国人、意大利人、西班牙人、日本人和黑人，有的胖，有的瘦。虽然浓妆艳抹，眉毛画得粗，嘴唇也涂得红，但还是能看出岁月在她们身上留下的痕迹和放浪形骸造成的伤疤。她们有的穿着黑色内衣和肉色长筒袜，有些把一头鬈发染成黄色，像小姑娘一样穿麦斯林纱短裙。透过敞开的门，可以看见铺着红瓷砖的地面、大大的木床，以及牌桌上的大口水壶和脸盆。沿街闲逛的什么人都有：铁行轮船公司的东印度水手、瑞典三桅帆船上的金发北欧人、军舰上的日本人、英国水手、西班牙人、法国巡航艇上的帅小伙，以及美国不定期货船上的黑鬼。白天，这只是一条肮脏的街道，但到了晚上，仅凭小棚屋里亮起的灯光，整条街便有了种邪恶的美。空气中弥漫着惹人憎恶的欲望，压抑又可怖。然而，眼中这笼罩和困惑着你的景象里，又有某种神秘之物。你感觉到一种自己也不知道的原始力量，这种力量令你厌恶，又着迷不已。在这里，文明的所有体面荡然无存，你会觉得人只能面对阴沉的现实，立刻便有了种紧张又悲惨的气氛。

斯特里克兰和尼科尔斯船长坐的酒吧里，一架机械钢琴演奏着喧闹的舞曲。屋里一圈都是人，大家坐在桌旁，这儿有五六个喝醉的水手吵吵嚷嚷，那儿又坐了一群士兵。屋子中央，一对对男女挤在一块跳舞。面色黝黑的大胡子水手们粗硬起茧的大手紧紧搂着自己的舞伴。女人们都只穿了内衣。时不时就有两个水手站起来一起跳舞。喧闹声震耳欲聋。人们都在唱歌、又叫又笑。一个男人深深地吻了膝上的女孩好久，引得几个英国水手连声尖叫，酒吧也变得更加嘈杂。空气里满是男人们沉重靴子扬起的灰尘和灰色的烟雾。室内非常热。吧台后，有个女人正在哺乳。一个身材矮小、扁平脸上有不少粉刺的年轻侍者端着摆满玻璃啤酒杯的托盘，忙碌地走来走去。

不一会儿，硬汉比尔在两个大块头黑人的陪同下走了进来。

显然，他已经有七八分醉意，分明就是来找麻烦的。他撞到一张坐着三个士兵的桌子，碰倒了一杯啤酒。双方立刻吵得不可开交，酒吧老板上前，喝令硬汉比尔离开。老板高大健壮，向来无法容忍客人闹事。硬汉比尔犹豫了。老板有警察撑腰，他可不敢惹，于是骂了一句，转身就要走。突然，他瞥见斯特里克兰，二话不说便摇摇晃晃地走到他跟前，攒了一口唾沫，全啐到了后者脸上。斯特里克兰抄起酒杯就朝他扔了过去。跳舞的人们顿时停下动作。一时间鸦雀无声，但硬汉比尔扑到斯特里克兰身上时，所有人的打斗欲望都被挑了起来。混战立时展开。桌子被掀翻，玻璃杯碎了一地，酒吧里真是乱得吓人。女人们纷纷朝大门和吧台后跑。过路的人从街上涌进来。每个人都骂骂咧咧，周围尽是拳击声和喊叫声。屋子中央，十几个男人使出浑身力气，打得难解难分。突然，警察冲了进来，每个人都拼命往门外跑。酒吧差不多清静下来后，人们发现硬汉比尔毫无知觉地躺在地板上，头上有道大口子。尼科尔斯船长拽着胳膊淌血、衣服破烂的斯特里克兰跑到了街上。船长的鼻子挨了一拳，满脸是血。

"我想，硬汉比尔出院前，你最好还是离开马赛。"两人回到"中国茅厕"清洗时，船长对斯特里克兰说。

"真比斗鸡还热闹。"斯特里克兰说。

我仿佛又看见了他嘲讽的笑容。

尼科尔斯船长很担心。他知道硬汉比尔是个有仇必报的人。斯特里克兰已经让这个穆拉托人丢了两次脸，他要是醒来，可得小心对付。这人会在暗中静待时机，虽然不会急于一时，但肯定会在某个夜里，往斯特里克兰背上捅一刀。一两天后，港口的脏水里就会捞起一具无名海滨流浪汉的尸体。第二天晚上，尼科尔斯船长去硬汉比尔家打探消息，得知他仍在医院。不过，他那已经去医院探望过的老婆说，他发誓出院后一定会杀了斯特里克兰。

一个星期过去了。

"就像我常说的，"尼科尔斯船长回忆道，"要打人，就得狠狠地打。这样，你才能有点时间做计划，思考接下来要干的事。"

然后，斯特里克兰交上了好运。一艘开往澳大利亚的船派人到水手之家招聘锅炉工。有个锅炉工因为震颤性谵妄发作，在直布罗陀海峡跳海自杀了。

"小伙子，赶紧去码头，"船长对斯特里克兰说，"把合同签了。反正你有证件。"

斯特里克兰立刻出发了。那是尼科尔斯船长最后一次见他。船只在港口停留了六个小时。当天晚上，尼科尔斯船长便目送它划破冬日的海面，朝东方而去，那些船上烟囱里冒出的浓烟，也渐渐消散了。

我已尽力描述这段经历。因为见过斯特里克兰住在伦敦阿什利花园时忙于股票交易的生活，我很喜欢能有这些经历与之做个对比。但我也知道，尼科尔斯船长是个肆无忌惮的骗子。我敢说，他跟我说的这些话可能没一个字是真的。哪怕得知他跟斯特里克兰素昧平生，对马赛的了解全都来自一本杂志，我也不会感到惊讶。

48

　　我本想就此搁笔。我最初的想法是：先描写斯特里克兰在塔希提岛最后几年的生活和他悲惨的死亡，再回过头来记叙他的早年生活。我之所以如此计划，并非出于任性，而是因为我想把斯特里克兰启航的一幕作为全书的结尾。我知道，他那孤独的灵魂中带着很多我并不知道的奇思妙想。他将带着那些念头，前往能点燃他想象力的未知岛屿。我很喜欢这样一幅画面：大多数人已经安于舒适平淡的生活时，四十七岁的他却启航寻找新世界。我仿佛看见他迎着密史脱拉风[1]，在泡沫翻飞的灰色大海上，凝望着此生无缘再见的法国海岸线渐渐消失。我觉得，他的举止中带着某种英勇之气，灵魂里也有无所畏惧之力。因此，我希望本书能在此结尾。这样，似乎也能强调人类不可征服的精神。可我做不到。不知怎的，我无法进入自己的故事，尝试了一两次后，我只得放弃，还是按惯常的方式从头写起。我决定还是按了解到的事实顺序，来描写斯特里克

---

① 译者注：地中海北岸的一种干冷西北或北风。

兰这一生。

如今，我已经掌握的资料既不完整，也不连续。我的处境就像个生物学家，凭借一块骨头，不仅要重构某种已灭绝动物的样貌，还要推测出它的习性。斯特里克兰没有给塔希提岛与他来往过的那些人留下特别印象。对他们而言，他不过是个永远都需要钱的海滨流浪汉。唯一的特别之处在于，他画了很多在他们看来荒诞不经的画。斯特里克兰死后多年，巴黎和柏林的画商派经纪人前来寻找他可能还留在岛上的遗作，那些人才意识到有个伟人曾住在这里。这时候，他们想起当年花点小钱就能买下的画，如今已值一大笔钱，就无法原谅自己错失此等良机。

有个名叫科恩的犹太商人有幅斯特里克兰的画，还来得很不寻常。他是个矮小的法国老头，有双温柔可亲的眼睛，总是带着令人愉快的笑容，既是商人，也是水手。他有艘小艇，常常大胆地往来于包默图斯和马克萨斯群岛之间，带着要交易的货物出发，带回干椰子仁、贝壳和珍珠。因为听说他要便宜出售一颗很大的黑珍珠，我便去找了他。发现他的要价还是超过我的经济能力后，我就跟他聊起了斯特里克兰。他跟斯特里克兰很熟。

"你瞧，因为他是画家，所以我才感兴趣。"他告诉我，"岛上没多少画家。他那么糟糕，我真为他难过。他的第一份工作就是我给的。我在半岛上有个种植园，想雇个白人监工。除非有个白人管着，否则真没办法让那些当地人好好干活。我对他说：'你会有很多时间画画，同时还能赚点儿钱。'我知道他一直都在饿肚子，但我给开了高工资。"

"很难想象他会是个令人非常满意的监工。"我笑着说。

"我很宽容。我向来同情艺术家。要知道，我们这种人天生如此。不过，他只待了几个月。攒够买颜料和画布的钱后，他便离开了我。当时，他已经迷上了这里，想逃进灌木丛。但我时不时还是能见到他。每隔几个月，他便会来帕皮提小住几天，从随便哪个人那儿弄点钱，然后再次消失。有一次，他来找我，想借两百法郎。他那样子像是一周都没吃饭了，我实在不忍心拒绝。当然，我从没指望过他还钱。呃，一年后，他又来找我，还带了一幅画。虽然没提欠我的钱，但他说：'我给你画了幅画，画的就是你的种植园。'我看着画，不知道说什么，但我当然表示了感谢。他走后，我还把画拿给我老婆看。"

"画得怎么样？"我问。

"别问我，我可说不出什么所以然。我这辈子都没见过那种东西。'这东西怎么处理？'我问老婆。'绝对不能挂起来，'她说，'会惹人笑话的。'于是，她把画拿到阁楼，跟各种杂物堆在一起。因为我老婆从来不肯扔东西，天性如此。接下来的事，你就能猜到了吧。就在战争爆发前，我哥哥从巴黎来信，说：'你认识一个住在塔希提岛的英国画家吗？他好像是个天才，他的画现在能卖大价钱。你瞧瞧能不能搞几幅寄给我。能赚钱呢。'于是，我对老婆说：'斯特里克兰送我的那幅画怎么样了？还有可能在阁楼吗？''当然在啊。'她回答，'你知道的，我从不扔东西。我就这性子。'我们上了阁楼。住进这所房子后，我们攒了三十年的各种破烂都在那儿。那堆我都不知道是什么的垃圾中，就有那幅画。我又看了看它，说：'谁能想到，我半岛种植园的监工，一个跟我借过两百法郎的家伙居然是天才？你从这幅画里看出什么了吗？''看不出来，'她说，'一点儿也不像我们的种植园呀。而且，我从没见过长蓝色叶子的椰子树。不过，巴黎人就是疯子。你哥哥没准儿能卖出两百法郎，正好抵消你借给斯特里克兰的那笔钱。'于是，我们把画包好，寄给了我哥哥。后来，我们收到一封回信。你猜他写了什么？'画已收到，'他写道，'坦白说，我还以为你在跟我开玩笑，还觉得这画连邮费都不值，都不敢拿给那位跟我提起它的先生看。结果，他说这是一幅杰作，出价三万法郎。你能想象我有多吃惊吗？我敢说，他还愿意出更高的价钱。但说实话，我实在太吃惊，完全昏了头，没等清醒过来，就接受了他的报价。'"

然后，科恩先生说了句令人钦佩的话。

"真希望可怜的斯特里克兰还活着。不知道我把卖画得来的两万八千法郎交给他时，他会说什么。"

49

我住在鲜花旅馆，老板娘约翰逊太太讲了个错失良机的悲伤故事。斯特里克兰死后，他的一些遗物在帕皮提市场拍卖。因为拍卖物品中，她看上了那个美式炉子，于是亲自去现场，花二十七法郎把它买了下来。

"那儿有十几张画，"她告诉我，"但都没有装裱，谁都不想要。有些画卖十法郎一张，但大多数只卖五六法郎。想想看，要是当初把它们买下来，我现在就是个富婆了。"

但无论如何，蒂娜瑞·约翰逊都成不了富婆。她压根管不住钱。她母亲是当地人，父亲是在塔希提定居的英国船长。我们相识时，她已经五十岁，看起来比实际年龄老，块头也大，整个人又高又壮。若非一张温厚的脸始终透着善意，她肯定会给人留下凶恶的印象。她的胳膊就像羊腿，乳房好似两棵大圆白菜。一张宽宽的胖脸肉嘟嘟的，几乎给人一种不堪入目的赤裸之感。下巴简直厚得让人数不清，叠了一层又一层，松松垮垮地垂到宽阔的胸膛上。平时，她都穿粉色的宽大长罩衣，整天戴着一顶大草帽。但因为很为自己的一头秀发骄傲，她偶尔也会把它们放下来。这时，你就会看见那又黑又长的鬈发。她的眼睛依旧年轻活泼，笑声也是我听过最有感染力的——一开始是喉咙里低低的鸣响，然后越来越大声，越来越大声，直笑到庞大的身躯都抖动起来。她最爱三样东西——笑话、一杯红酒和一个英俊的男人。认识她真是件荣幸的事。

她是岛上最棒的厨子，热爱美食。从早到晚，你都能看见她坐在厨房的一张矮椅上，冲围在身边的一名中国厨子和两三个本地女孩发号施令，一边热情地跟所有人闲聊，一边品尝她设计的各种美味。要想款待某位朋友时，她还会亲自下厨。她天性好客，只要鲜花旅馆还有东西吃，就不会让岛上的任何人饿着肚子离开。她从不会因为顾客付不起账就把他们赶走，总认为他们有钱了一定会结清账单。有一次，她竟让一个陷入窘境的人白吃白住了好几个月。一个中国洗衣工拒绝免费给他洗衣服，她就把他的衣服和自己的衣服混在一起，送去清洗。她说，不能看着那可怜的家伙穿着件脏衬衣到处跑。她还说，因为他是个男人，男人都得抽烟，所以她还每天给他一法郎买烟。她对那人，就跟对每周付一次账单的其他客人一样亲切友善。

年龄和肥胖让她不再适合谈情说爱。但她对年轻人的爱情很感兴趣。她认为情欲是男女天性，随时乐于分享从自身丰富经历中得来的箴言和范例。

"还不到十五岁时，我爸就发现我有了恋人，"她说，"他是'热带鸟'号上的三副，非常帅。"

她叹了口气。人们都说，女人总是忘不了自己的第一个恋人，但她或许并不会经常想起他。

"我爸是个明事理的人。"

"他当时怎么做的？"我问。

"他差点儿没把我打死，然后就把我嫁给了约翰逊船长。我倒不介意。当然，他年纪是大一些，但也很帅。"

蒂阿瑞是一种芬芳的白花。人们都说，只要闻过这种花，无论走多远，都会被它引回塔希提。她父亲就叫她蒂阿瑞。蒂阿瑞把斯特里克兰记得很清楚。

"过去，他经常到这儿来。我老是看见他在帕皮提转悠，觉得他很可怜。他那么瘦，总是没钱。听说他住在城里后，我就常派个男孩把他找来，跟我一起吃晚饭。我给他找过一两次工作，但他都干得不长。过不了多久，他就想回丛林去。于是某天早晨，他就不见了。"

离开马赛六个月左右，斯特里克兰抵达塔希提。他在一艘从奥克兰开往旧金山的帆船上干活，上岛时身上还有一箱颜料、一个画架和十几张画布。因为在悉尼找到了工作，所以他口袋里还有几英镑。于是，他在城外一个当地人家租了个小房间。我想，抵达塔希提的那一刻，他应该有种回家的感觉。蒂阿瑞告诉我，他有次曾对她说："我正在擦洗甲板时，有个家伙突然招呼我：'看，就是那儿。'我抬起头，就看到了那座岛的轮廓，立刻知道那儿就是我寻觅一生的地方。随着船越驶越近，我似乎就认出了这个地方。有时，在岛上四处转悠时，我总觉得一切仿佛都很熟悉。我敢发誓，我从前肯定在这儿待过。"

"有时候，这个地方就是这样把人迷住的。"蒂阿瑞说，"我听说，有的人趁船装货期间上岸待了几小时，就再也不走了。我还听说，有的人被派到这儿工作一年，他们对这儿骂骂咧咧，离开时还发毒誓说死都不会再回来。但半年后，你就又看到他们上岛了。他们会告诉你，其他任何地方，他们都活不下去。"

我觉得，有些人没有生在应该出生的地方。命运虽然将他们抛到某个环境中，但他们始终都会思念不知在何处的家乡。他们是出生地的过客，儿时就熟悉的林荫小巷或曾经玩耍过的热闹街道，只不过是生命中的驿站。生活在自己的亲友中，他们或许始终游离在外。对唯一熟悉的那些场景，他们或许也十分漠然。也许，正是这种疏离感让他们远走高飞，去寻找一处永恒的居所，一处能让他们生出依恋的地方。也许，是某种根深蒂固的返祖性促使这些流浪者们回到其祖先在远古时期便离开的土地。有时，一个人偶然来到某个地方，就不可思议地生出归属感，觉得这儿就是他要寻觅的家园。他要在这片从未见过的环境中定居下来，生活在这些从不了解的人们中间，就像他生来便熟悉这一切一样。终于，他在这里找到了安宁。

我给蒂阿瑞讲了个医生的故事。那人是我在圣托马斯医院认识的，名叫亚伯拉罕，是个金发碧眼、体格健壮的犹太小伙。他性格腼腆，非常谦逊，却很有才华。他凭借一笔奖学金进入医学院，就读的五年里把所有能拿的奖都拿了个遍。他同时担任内科住院医师和外科住院医师，谁都承认他才华横溢。最后，他入选医院管理层，前途算是有了保障。照常理推测，他肯定能步步高升，攀上职业顶峰。名誉和财富都在等着他。正式上任前，他想去度一次假。因为没有工资以外的收入，他到一艘开往远东的不定期货轮上当起了随船医生。这种货轮通常都没有医生，但医院的一名资深高科医生认识这条航线的一个经理，亚伯拉罕才靠这个人情上了船。

几星期后，医院收到他的辞呈，请辞那个令人垂涎的职务。这事引起极大震动，各种稀奇古怪的流言不胫而走。每次有人做了意料之外的事，他的同伴们就会归因于某些最可耻的动机。不过，早已有人准备好接替亚伯拉罕的职位，所以他很快就被遗忘了。没人再听过他的消息。此人就这样消失了。

大约十年后的一个清晨，我乘坐的轮船即将在亚历山大港登陆时，我接到命令，跟其他乘客一起排队等待医生检查。医生衣衫褴褛，矮胖结实。他摘掉帽子后，我发现他几乎已经秃了。我觉得好像以前见过这个人。突然，我想起来了。

"亚伯拉罕。"我喊道。

他一脸疑惑地转过来，但随即便认出我，一把抓住了我的手。互道惊讶后，听说我要去亚历山大港过夜，他便邀请我跟他在英国俱乐部共进晚餐。再次碰面时，我又表达了一次惊讶，说真没想到会在这儿碰到他。他的职位很低，给人印象也很寒酸。然后，他跟我讲述了自己的故事。出发到地中海度假时，他是一心要返回伦敦，去圣托马斯医院任职的。一天早晨，货船在亚历山大港靠岸，他从甲板上眺望那座城市。阳光下，整座城都是白色的，码头上人头攒动。他看到了身穿破旧轧别丁服的当地人、从苏丹来的黑人、吵吵嚷嚷又成群结队的希腊人和意大利人、戴着塔布什帽①且神情庄重的土耳其人，还看到了阳光和蓝天。他生出了一种感觉，一种他也无法形容的感觉。他说，那就像一声惊雷。但随即他又不满意这种比喻，改口说那是种启示。他的心仿佛被什么东西揪了一下，突然间涌上一阵狂喜，有了种获得自由的美妙感觉。他觉得自己回到了家，于是当即决定留下，在亚历山大港度过余生。离开那艘船并没什么困难。不到二十四小时，他便带着所有行李上了岸。

"船长肯定以为你疯了。"我笑着说。

"我不在乎任何人的看法。其实，做出这件事的不是我，是我身体里某种更强大的东西。我想找家希腊人开的小旅馆，环顾四周，我便觉得自己知道去哪儿找。你相信吗，我径直就去了，并且一看到那地方，就立马认了出来。"

"你以前来过亚历山大港？"

"没有。我这辈子都没出过英国。"

不久后，他在政府部门找到工作，在那儿一直干到现在。

"你从来没有后悔过吗？"

"没有，一分钟也没有。我赚的钱刚好能养活自己，心满意足。

---

① 译者注：一种穆斯林男子戴的中央有缨子的红色无边圆塔状毡帽或布帽。

我别无所求，只希望就这样活到死。我过得很好。"

第二天，我就离开了亚历山大港。直到不久前，跟另一位医生朋友亚历克·卡迈克尔一起吃饭时，才又提起亚伯拉罕。亚历克来英国短期度假，在街上碰到我。他在战争中表现出色，被授予爵士头衔。我向他表示了祝贺，然后跟他约好找个晚上叙叙旧。答应共进晚餐后，他提议不再叫别人，也好不受干扰地跟我畅聊一番。他在安妮女王街有座漂亮的老房子。作为一个有品位的人，他把房子布置得很优雅。餐厅墙上，我看见一幅贝洛托的佳作，还有两幅令我艳羡的佐法尼之作。他的妻子一身金色衣服，高挑美丽。她起身离开后，我笑着说跟我们同在医学院当学生时的境况相比，他现在的生活真是大变样。那会儿，我们在威斯敏斯特桥大街一家寒酸的意大利餐馆吃顿饭，都觉得很奢侈。如今，亚历克·卡迈克尔同时在六家医院任职，估计一年能挣一万英镑。他早晚还会得到更多荣誉头衔，这次受封爵士不过是个开始而已。

"我混得还不错，"他道，"但说来奇怪，这一切都是因为我交了一次好运。"

"什么意思？"

"呃，还记得亚伯拉罕吗？前途无量的本该是他。学生时代，他处处压我一头。我次次败北，申请的奖项和奖学金都被他拿走了。如果再这么继续下去，我现在的位子就是他的。那人简直就是个外科天才，谁也比不过。他被任命为圣托马斯医院的专科住院医生时，我连个医院里的职位都没捞到。我本应成为一名全科医生。你也知道全科医生是什么样，能有多大机会出人头地啊。可亚伯拉罕退出，我得到了那份工作。我的机会也由此而来。"

"的确如此。"

"这就是运气。亚伯拉罕多半是心理有问题了吧。可怜的家伙，彻底完蛋了，就在亚历山大港的医疗机构找了个微不足道的小差事，好像是当检疫员之类的。我听说，他跟个又丑又老的希腊女人过日子，还生了六七个患淋巴结结核的孩子。我想，事实证明光有脑子还不够。性格决定命运。亚伯拉罕缺乏个性。"

性格？我想，只有相当有性格的人，才会只考虑了半小时，就放弃一份职业。因为，他看到了以另一种方式生活会有意义得多。而永远都不后悔突然迈出的这一步，无疑更有性格。但我什么都没说，亚历克·卡迈克尔继续发表着沉思默想后的感慨："当然，我要是说对亚伯拉罕的所作所为深表遗憾，未免太过虚伪。毕竟，我是受益者。"他大口大口地抽着科罗纳牌长雪茄，"但这件事若跟我无关的话，如此浪费还真让我惋惜。一个人这般糟蹋自己的人生，真是极其不幸。"

我不知道亚伯拉罕是否真的糟蹋了人生。做自己最想做的事，内心安宁地生活在喜欢的环境里，真的是糟蹋人生吗？难道非要成为年薪一万英镑的著名外科医生，娶个漂亮妻子才算成功吗？我想，成功取决于你如何看待生活的意义，取决于你能为社会尽到什么样的义务，以及对自己有何种要求。然而，我还是缄口不语，我算什么，有何资格跟一位爵士争辩？

51

讲完这个故事后，蒂阿瑞连连称赞我谨慎小心。当时我们都在剥豆子，好一会儿没再说话。因为习惯时刻关注厨房里的动静，所以她立刻发现那名中国厨子的某些举动令她相当不满。她转向那人，就是一通臭骂。厨子不甘示弱，当即反驳，两人顿时言辞激烈地吵开了。他们说的土话，我只听懂五六个词，那架势简直像马上就要世界末日了。但没过多久，一切平息，蒂阿瑞给了厨子一根烟。两人又舒舒服服地抽起烟来。

"你知道吗，他老婆都是我给他找的。"蒂阿瑞突然开口道，一张大脸上满是笑容。

"厨师？"

"不，斯特里克兰。"

"可他已经有老婆了啊。"

"他也这么说，可我告诉他，她在英国，而英国在地球的另一边。"

"那倒是。"我回答。

"每隔两三个月，他需要颜料、烟或钱时，就会来帕皮提，像条无家可归的狗一样四处晃悠。我很可怜他，就让我这儿一个名叫阿塔的女孩帮他收拾房间。阿塔是我的一个亲戚，爸妈都死了，所以我让她来跟我住。斯特里克兰过去时不时就会来饱餐一顿或找这儿的小伙子下下棋。我发现，他每次来，阿塔都会偷瞄他，我就问阿塔是不是喜欢他。她说她很喜欢斯特里克兰。你也知道这些姑娘是怎么样的，总乐意跟白人走。"

"她是本地人？"我问。

"嗯，一滴白人的血也没有。总之，跟她谈过以后，我便派人把斯特里克兰找来，对他说：'斯特里克兰，你也该安顿下来了。你这种年纪的男人，不该跟码头上那些姑娘鬼混。那些女人可不是什么好东西，跟她们混在一起没有好下场。你一没钱，二来干什么工作都顶多干一两个月，现在都没人愿意雇你了。虽然你说因为你是白人，所以能一直跟一两个当地人住在丛林里，但对一个白人来说，这样的生活总归不体面。好啦，听我说，斯特里克兰。'"

蒂阿瑞说话时一会儿用法语，一会儿用英语。她不仅能流利使用这两种语言，说话的腔调还跟唱歌似的，倒也不难听。要是鸟儿会讲英语，你会觉得它估计就是用这种腔调讲的。

"'嗯，跟阿塔结婚怎样？她是个好姑娘，才十七岁。她从不像那些女人一样乱来。当然，没错，她是跟某个船长或大副好过，但从不让当地人碰。要知道，她很自爱。瓦胡号的事务长上次来这儿时告诉我，他还没在岛上见过比她更好的姑娘。她也该安定下来了。再说，那些船长和大副也时不时就想换换口味。我不会把在这儿干活的姑娘们留太长时间。就在你上岛前不久，阿塔才在塔拉瓦奥边置了一小块地。她收获的干椰子仁按如今的市价计算，足够你们舒舒服服地过日子。那儿有座房子，只要你愿意，可以把所有时间都拿来画画。你觉得怎么样？'"

蒂阿瑞停下来喘了口气。

"就在这时，他告诉我他在英国有老婆。'可怜的斯特里克兰，'我对他说，'他们都在别的地方有个老婆啊，正因为如此，他们才上了岛。阿塔是个明事理的姑娘，并不期待在市长面前举行什么仪式。她是新教徒。你知道的，新教徒不像天主教徒那般看重这些东西。'

"然后，他说：'可阿塔怎么想？''她似乎对你有意思，'我说，'只要你愿意，她就愿意。要我把她叫来吗？'他像平日那样滑稽又干巴地轻笑了几声，我则叫来了阿塔。她知道我刚才在说什么，我一直用眼角瞥着那小妖精，知道她始终都在竖着耳朵偷听，却假装正在熨一条她帮我洗好的短上衣。她哈哈笑着，但我看得出她有些害羞。斯特里克兰则一言不发地看着她。"

"她漂亮吗？"我问。

"还不错。不过，你肯定已经见过她的画像吧。他一次又一次地给她画像，有时会让她围条帕里欧^①，有时则什么都不让她穿。

---

① 译者注：波利尼西亚人用作围裙或蔽体腰布的整块长方形印花布。

没错，她已经够漂亮，还会做饭。我亲自教的。看到斯特里克兰一副思索模样，我对他说：'我给她的工资不错，她都攒了起来。认识的那些船长和大副偶尔也会给她点儿东西。她已经攒了几百法郎啦。'

"他捋着一把大红胡子，笑了起来。

"'好吧，阿塔，'他说，'你愿意让我当你的丈夫吗？'

"她什么也没说，只顾着傻笑。

"'我不是说了吗，斯特里克兰，这姑娘对你有意思。'我说。

"'我会打你的。'他看着她说。

"'你要是不打我，我怎么知道你爱我？'她回答道。"

蒂阿瑞突然不讲了，开始若有所思地冲我回忆起自己的往事。

"我的第一任丈夫——约翰逊船长过去就经常拿鞭子抽我。他是个男子汉，长得帅，身高六英尺三英寸。他喝醉酒时，谁都拦不住。挨一次打，我身上能青紫好多天。噢，他死的时候我哭了，还以为这辈子都挺不过来了。可直到嫁给乔治·雷尼，我才明白自己失去了什么。只有跟一个男人生活在一起，你才能看出他到底是个什么样的人。从来没有一个男人像乔治·雷尼那样骗过我。他也是个挺拔帅气的人，几乎跟约翰逊船长一样高，看起来也足够强壮。可这一切都是表面现象。他从不喝酒，也从没动手打过我，没准儿真能当个传教士。每次有船上岛，我都会跟那些高级船员偷情，可乔治·雷尼什么也看不见。最后我实在厌恶他，就离了婚。那样的丈夫有什么用？有些男人对待女人的方式真糟糕。"

　　我安慰蒂阿瑞，同情地说男人永远是骗子，然后请求她继续讲斯特里克兰的事。

　　"'好吧，'我对斯特里克兰说，'这事不着急，你可以慢慢考虑。阿塔在附楼里有个很不错的房间。你先跟她住一个月，看看是否喜欢她。你可以到这儿来吃饭，月末要是决定娶她，再带她走，去她那儿安家。'

　　"他同意了。于是，阿塔继续干活，我按照约定让斯特里克兰在这儿吃饭，还教阿塔怎么做一两道他喜欢吃的菜。他并没有花太多时间画画，整天在山上晃悠，到溪水里洗澡。他会无所事事地坐在前方打量环礁湖，日落时则下到海边，眺望穆雷亚岛。他经常去礁石上钓鱼，爱去码头闲逛，跟当地人聊天。他是个安静又讨喜的人。每天吃过晚饭，他都会跟阿塔去附楼。我看得出他很想回丛林去，所以月末时便问他打算怎么办。他说只要阿塔愿意离开，他就跟她一起走。于是，我亲自下厨，为他们准备了一桌喜宴。我做了豌豆汤、龙虾、咖喱饭和椰子沙拉——你还没吃过我做的椰子沙拉，对吧？你走之前，我一定要给你做一次。我还给他们做了冰激凌。我们把能喝的香槟都喝光了，接着又开始喝烈酒。噢，我早就打定主意要把这事办好。后来，我们在客厅跳舞。当时我还没这么胖。我一直都喜欢跳舞。"

　　鲜花旅馆的客厅是个小房间，有架竖式小钢琴。沿四面墙壁，整齐地摆了一套罩着压花丝绒布的红木家具。几张圆桌上放了些相簿。墙上挂着蒂阿瑞和第一任丈夫约翰逊船长的大幅合照。虽然蒂阿瑞已经又老又胖，我们偶尔仍会卷起布鲁塞尔地毯，叫几个女仆和一两位蒂阿瑞的朋友来跳舞。不过，如今伴奏的那台留声机放起歌来总是气喘吁吁的。露台上，空气里弥漫着浓郁的蒂阿瑞花香，头顶无云的夜空中，南十字星闪闪发亮。

想起许久之前的快乐时光，蒂阿瑞陶醉地笑了。

"那天我们一直玩到凌晨三点，上床睡觉时，我想大家都不怎么清醒了。我跟他们说，他们可以坐我的双轮轻便马车，一直坐到大路尽头。因为在那以后，他们还要步行很长一段路，阿塔的地产在重峦叠嶂之处。两人黎明出发，我派去的伙计直到第二天才回来。

"嗯，斯特里克兰就这样结婚了。"

52

　　我想，此后三年是斯特里克兰这一生中最快乐的时光。阿塔的房子离环岛公路八公里，要去那里，得走过一条满是热带林木、浓荫蔽日的羊肠小道。那是座未刷漆的原木平房，有两个小房间，屋外还有个充作厨房的小棚屋。除了两人当床用的垫子和露台上一把摇椅，屋里再没有别的家具。香蕉树紧挨着房子生长，锯齿状的大树叶就像落难女王破烂的衣裳。屋后有棵会结鳄梨的树，四周是一圈能带来收入的椰子树。阿塔的父亲在这块地周围种了巴豆。如今，绚丽多姿的巴豆密密匝匝地长了一圈，如一道火焰篱笆般，将这块地围了起来。屋前有棵芒果树，空地边缘还有两棵双生树。树上开满火红的花朵，跟椰子树的一片金黄争奇斗艳。

　　斯特里克兰就在这儿住了下来，靠这块地生活，很少再去帕皮提。不远处有条小溪，他经常去那儿洗澡。溪中偶尔会出现鱼群，这时当地人便会拿起长矛聚集过来，大叫大嚷地把那些匆匆游向海中的大鱼叉上来。有时，斯特里克兰会去礁石边，带回一篮五颜六色的鱼，让阿塔用椰子油煎了吃。有时，他也会带回一只龙虾。阿塔有时也会抓起脚边满地乱爬的陆栖蟹，做出一盘美味佳肴。山上有野橘子树，阿塔时不时就跟村里的两三个女人一起上山，然后带着香甜多汁的青橘满载而归。到了椰子成熟该采摘时，阿塔的很多堂表亲（和所有当地人一样，阿塔也有很多亲戚）就会爬上树，把大大的熟椰子扔下来。大家把椰子剖开，放到太阳下晒干，然后挖出果肉装进麻袋，由女人们带到环礁湖附近村落的商贩那儿，换回大米、肥皂、罐头肉和一点钱。有时，临近村里摆宴，就会杀一头猪。这时，他们便都去大吃一顿，直吃到犯恶心，接着还会跳舞、唱赞美诗。

不过，房子离村子很远。塔希提人很懒，他们热爱旅行、喜欢闲聊，就是不爱走路。有时，一连好几个星期，阿塔和斯特里克兰都独自生活。斯特里克兰画画、看书，天黑了就跟阿塔坐在露台上，一边抽烟，一边仰望夜空。后来，阿塔生了个孩子，过来帮忙接生的老太婆来了便不走了。没过多久，那老太婆的孙女也来同住。接着，又来了个男孩——谁也不知道他打哪儿来，是哪家的人。总之，他就那么随遇而安地住了下来。就这样，他们开始共同生活。

"瞧，那就是布吕诺船长。"一天，我正在梳理蒂阿瑞讲过的那些斯特里克兰的事，蒂阿瑞说，"他跟斯特里克兰很熟，还去过他家呢。"

我看见一个中年法国人。他那把黑胡子里已经出现不少银丝，面孔被太阳晒得黝黑，一双大眼睛闪闪发光。他穿了套整洁的粗布衣服。我午饭时注意到他，中国伙计阿林告诉我，他是从包默图斯坐船来的。蒂阿瑞把我介绍给他，他递过来一张名片。名片很大，上面印着"勒内·布吕诺"。名字下面印着"远程号船长"。当时，我们坐在厨房外面的小露台上，蒂阿瑞正在给旅馆里的一个女仆裁衣服。船长跟我们坐了下来。

"嗯，我跟斯特里克兰很熟，"他说，"我很喜欢下棋，他也喜欢。每年，我会因为生意来塔希提三四次，他若碰巧在帕皮提，就会过来跟我下几盘。然后，他结婚了。"说到这儿，布吕诺船长微笑着耸耸肩："终于，他跟蒂阿瑞介绍的那个姑娘住在一起了。他还邀请我去看看他。我也是婚宴的出席宾客之一。"他看着蒂阿瑞，两人都笑了起来。"从那之后，他便很少来帕皮提。大约一年后，我刚好因为生意要去他住的那一带。具体什么生意我已经忘了。但事情办完后，我对自己说：'嗨，干吗不去瞧瞧可怜的斯特里克兰？'我向当地人打听了他的情况，发现他就住在离我不到五公里的地方。于是，我便去了。我永远也忘不了那次拜会。我住在一座环礁上，就是一圈环抱潟湖的低矮小岛。那儿的美主要是大海和天空的美，还有色彩斑斓的潟湖和优雅的椰子树。不过，斯特里克兰住的地方才美得犹如伊甸园。啊，真希望我能带你亲眼目睹那里的魅力。那是一处远离尘嚣的隐秘之所，头上是蔚蓝的天空，周围是郁郁葱葱的树木，一片馨香清凉。真是一处无法用言语描绘的天堂啊。他就生活在那儿，不关心世事，也被世人遗忘。我想，在欧洲人眼中，那儿或许过于肮脏污秽。屋子破破烂烂，也不太干净。走近后，我还看见三四个当地人躺在露台上。你知道那些人有多爱扎堆吧。有个小伙子四仰八叉地躺在那儿抽烟，身上只裹了条帕里欧。"

帕里欧是种或红或蓝的长条形棉布，上面印着白色图案，围于腰间，一直垂到膝盖处。

"一个大约十五岁的女孩正在用露兜树叶编帽子，一个老太婆则蹲在地上抽烟袋。然后，我看到了阿塔。她正在给新生儿喂奶，另一个赤身裸体的孩子在她脚边玩耍。看见我来了，她大声呼喊斯特里克兰。然后，斯特里克兰出现在门口，身上也只围了条帕里欧。他的样子真奇怪，留着一把红胡子，头发乱成一团，宽阔的胸膛毛茸茸的。他的双脚满是老茧和伤疤，我一看就知道他平时都打赤脚，简直比当地人更像当地人。见到我他似乎很高兴，叫阿塔杀了只鸡做晚餐。他把我领进屋，给我看他正在画的一幅画。屋子一角是床，中央摆了个架着画布的画架。因为觉得他可怜，我便花了点小钱，买下几幅画，还把其中的一些送给我在法国的朋友。尽管购画是出于同情，但陪伴的日子久了，我还真开始喜欢那些画了。其实，我在其中发现了一种奇异的美。每个人都认为我疯了，但事实证明我是对的。我是岛上第一个欣赏他画的人。"

他幸灾乐祸地冲蒂阿瑞笑了笑。于是，后者又追悔莫及地讲了一遍之前的老故事：在拍卖斯特里克兰的遗物时忽视那些画，却花二十七法郎买了个美式炉子。

"这些画还在吗？"我问。

"在啊，我要等女儿出嫁时再卖，换钱给她当嫁妆。"

然后，他继续讲那次拜访斯特里克兰的事。

"我永远也忘不了跟他共度的那个夜晚。我本打算顶多待一个小时，他却坚持留我过夜。我有些犹豫，说实话，我不怎么喜欢他准备让我睡的那几张草垫，但我耸了耸肩。以前在包默图斯盖我自己的房子时，比这更硬的床我也睡过，除了各种野生灌木，没有其他可蔽体的东西。至于害虫，我皮糙肉厚倒也不怕。

"趁阿塔准备晚饭，我们去溪中洗了个澡。吃完饭后，我们坐在露台上一边抽烟一边聊天。那个小伙子有架六角形手风琴，演奏的都是十几年前音乐厅里流行的曲子。在离文明世界数千英里外的热带地区，听到这些曲子感觉真奇怪。我问斯特里克兰，跟这么多人混住在一起烦不烦。他说不烦，他喜欢模特就在身边。不久后，几个当地人大声打着哈欠睡觉去了，只剩下我和斯特里克兰。那天晚上的静谧真是无法用言语形容。我住的包默图斯岛上，夜里从未有过那样的静谧。那儿的沙滩上，无数动物发出窸窸窣窣的声音，各种带壳的小东西不断地爬来爬去，还有陆栖蟹飞快来去的吵嚷声。环礁湖里时不时传来鱼儿跳起的声音。有时，一条灰六鳃鲨把其他所有鱼追得四散逃命时，也会传来纷乱的嘈杂声。但盖过所有声音的，还是碎浪拍打礁石的隆隆声，那沉闷的吼声宛如时间，永不停歇。这里却一点儿声音也没有，夜里白花的香气弥漫空中。那样美好的夜晚，灵魂似乎都要受不了身体的禁锢，让人觉得它已准备好随风而去，融入缥缈的空气中。而死亡，亦如挚友般可亲。"

蒂阿瑞叹了口气。

"啊，真希望能再回到十五岁。"

这时，她突然看见一只猫正要去抓盘子里的对虾，立刻连珠炮似的破口大骂着，抓起一本书冲仓皇逃窜的猫砸去，正好击中猫尾巴。

"我问他跟阿塔生活快不快乐。

"'她不打扰我，'他说，'她给我做饭，照看孩子们。我叫她做什么她就做什么。一个女人能给的，她都给我了。'

"'离开欧洲，你从没后悔过吗？不会有时候怀念巴黎或伦敦街头的灯光吗？不想念朋友和同事？也不想念剧院、报纸、公共马

车驶过鹅卵石路面的辘辘声？'

"他沉默良久，然后说：'我要待在这里，一直到死。'

"'但是，你从来不无聊、不孤独吗？'我问。

"他咯咯地笑了。

"'我可怜的朋友，'他说，'你显然不知道成为艺术家是怎么回事。'"

布吕诺船长转向我，微微一笑，那双温和的黑眼睛里闪过一丝异彩。

"他这么说对我可不公平，因为我知道梦想是怎么回事。我也有幻想。从我的角度来看，我也是位艺术家。"

一时间，我们都沉默了。

蒂阿瑞从大口袋里掏出一把烟，给我们每人递了一根。于是，我们三个都抽起烟来。最后，她说："既然这位先生对斯特里克兰感兴趣，干吗不带他去见见库特拉医生？他能讲讲斯特里克兰得病和去世的情况。"

"乐意效劳。"船长看着我说。

我道了谢。他看了看手表。

"已经六点多了。你要是想去，他现在应该在家。"

我二话不说立刻站了起来，跟船长踏上通往医生家的路。医生住在城外，但鲜花旅馆就在城边，所以我们很快便走到了乡下。宽阔的道路掩映在胡椒树的浓荫下，路两旁都是种植园，园里满是椰子树和香草。海盗鸟在棕榈树的枝叶间尖叫着。我们走过一座石桥，桥下是清浅的小河。我们在那儿站了一会儿，看几个当地的男孩在河里洗澡。他们叫着、笑着，追逐打闹，湿漉漉的棕色身体在阳光下闪闪发光。

　　我们一边走，我一边思索着关于斯特里克兰的那些事。近日来的见闻不由让我注意到这里的环境。在这样一个偏远的岛屿上，他似乎并未像在家时一样，激起别人的嫌恶，反而让人心生同情。他的异常行为都被人们宽容地接受了。对本地人和欧洲人来说，他都是个奇怪的家伙。但本地人已经见惯怪物，所以见怪不怪了。世界上到处都是怪人，做着各种奇怪的事。当地这些人或许知道，那个男人不能做自己想做的那种人，只能做不得不成为的那种人。在英国和法国，他就是圆孔里的方塞子。但是，这儿什么形状的孔都有，任何形状的塞子都不会无用武之地。我并不认为他在这儿脾气更温和，没以前那么自私、冷酷，但这儿的环境更适宜。如果一辈子都在这样的环境中生活，人们或许就注意不到他比别人更糟糕。在这里，他得到了跟同胞们生活时从未奢望过、也未要求过的东西——同情。

　　这一切让我充满惊讶，我试着把这种感觉告诉了布吕诺船长，他沉默了好一会儿才作答。

"这不足为奇，无论如何，我都挺同情他的。"最后，他说，"因为，尽管我们可能都不知道，我们追求的却是同一样东西。"

"你和斯特里克兰如此不同的两个人，到底能有什么共同追求？"我笑着问。

"美。"

"真够远大的呀。"我嘀咕道。

"你知道一个坠入情网的人，能对其他一切多么充耳不闻、视而不见吗？他们就像被锁在船凳上划桨的奴隶一样，不再是自己的主人。束缚了斯特里克兰的那种激情，专制程度并不比爱情弱。"

"真奇怪，你竟也这么说！"我应道，"因为很久以前，我就觉得他被魔鬼附身了。"

"控制住斯特里克兰的激情，就是创造美的激情。它催促着他东奔西跑。他成了永恒的朝圣者，心中始终萦绕着一种神圣的思乡之情。他体内的那个魔鬼对他冷酷又残忍。有些人对真理的渴求无比强烈，为达目的，他们不惜粉碎自身世界的基石。斯特里克兰就是这种人。只不过，他追求的是美，而非真理。我只能对他深表同情。"

"这点也很奇怪。一个被他深深伤害过的人也说很同情他。"我沉默片刻，"我似乎一直摸不准他的性格，你是不是已经找到解释，你是怎么想到这些的？"

他冲我笑了笑。

"我不是告诉过你，从某种角度来看，我也是个艺术家。令他充满活力的那种欲望，我发现自己身上也有。但不同之处在于，他靠绘画宣泄，我靠的则是生活。"

布吕诺船长接下来跟我讲的这个故事，我必须复述一遍。就算是为了对比，这个故事也加深了我对斯特里克兰的印象。而且，它本身也很美。

布吕诺船长是布列塔尼人，曾在法国海军服役。他结婚后便离开军队，在坎佩尔附近置了一份小产业，准备在那儿安度余生。但因为代理人犯的错，他突然变得一贫如洗。但他和妻子都不愿意在原本已经获得一定尊重的地方过穷日子。当年在海军时，他曾游历南太平洋，所以现在也决定去那儿碰碰运气。他先在帕皮提待了几个月，规划未来，同时也积累经验。然后，他用在法国找一个朋友借的钱买下了包默图斯的一座岛。那是个环形岛，中间有个很深的环礁湖。岛上杳无人迹，只有灌木和野生番石榴。他带着无畏的妻子和几个当地人上了岛，先盖房子，然后清理灌木，以便种上椰子树。那是二十年前的事，昔日的荒岛，如今已经变成美丽的园圃。

"刚开始的日子很艰苦，也很焦虑。我俩努力干活，每天我天一亮就起床，开辟空地、种植树木、修建房屋。夜里闷头倒在床上，我能沉沉地一觉睡到天亮。妻子也跟我一样卖力。然后，我们有了孩子，先是儿子，后来又有了个女儿。他们的所有知识都是我跟妻子教的。我们有台从法国运来的钢琴，妻子教他们弹琴、说英语，我教他们拉丁语和数学。我们还一起读历史。孩子们会驾船，游起泳来也跟当地人一样好。岛上没有他们不知道的东西。我们的椰子树长得很好，岛上的珊瑚礁还有很多海贝呢。我这次就是来塔希提买纵帆船的。驾船打捞海贝，肯定能把买船的钱赚回来，谁知道呢？说不定我还能找到珍珠。我在一无所有之地也做出了东西，所以我也创造了美。啊，瞧瞧那些高大健壮的树，想着每一棵都是我亲手种下的，那种感觉你肯定不知道。"

"我想问个你曾问过斯特里克兰的问题。离开法国和你在布列塔尼半岛的老家，你真的从来都不后悔吗？"

"等有一天，我女儿嫁了人，儿子娶了妻，可以接手我在岛上的产业后，我们就回国，在我出生的那所老房子里过完余生。"

"回首往事，你会觉得自己度过了幸福的一生。"我说。

"当然。虽然岛上的日子并不刺激，我们离文明世界也非常远，就是来塔希提都需要四天呢，但我们在那儿过得很开心。很少有人能努力做一件事，并最终取得成功。我们的生活简单纯朴，我们没有野心，仅有的骄傲，也只是因为靠自己双手创造的劳动成果。怨恨和嫉妒都伤不到我们。啊，亲爱的先生，有些人说起'劳动是幸福的'，总觉得那是句毫无意义的空话。但对我而言，它真是意义非凡。我是个幸福的人。"

"我相信，这完全是你应得的。"我微笑着说。

"真希望我也能这么想。真不知道我何德何能，竟能拥有一个这样的妻子。她既是最完美的朋友，也是最好的帮手。不仅是贤妻，还是良母。"

船长话中描绘的那种生活，让我畅想了好一会儿。

"过上那样的生活，还过得如此成功，你俩显然都拥有强大的意志和坚定的性格。"

"或许吧。但没有另外一个因素，我们也会一事无成。"

"什么因素？"

他停住脚步，有些戏剧性地展开双臂。

"对上帝的信仰。若没有这份信仰，我们应该早就迷失了。"

这时，我们走到了库特拉医生家门口。

55

库特拉医生是个高大魁梧的法国老头，身体就像巨大的鸭蛋。一双蓝眼睛十分锐利，却也和蔼可亲，还时不时就沾沾自喜地瞅瞅自己的大肚皮。他脸色红润，一头白发，让人一见就心生好感。他接待我们的房间很像法国乡间的那种住宅，屋里摆着一两件模样古怪的波利尼西亚古玩。他用那双巨大的手握住我的手，诚挚亲切地望着我，我却从那眼神里看出这是个非常精明的人。跟布吕诺船长握手时，他礼貌地问候了对方的夫人和孩子。我们客气地寒暄了几句，又聊了点儿当地的八卦，展望了今年的干椰子仁和香草收成，才转到这次来访的主题。

我不会原封不动地记录库特拉医生的话。他的讲述生动活泼，我无法用自己的语言达到同样的效果。他的嗓音浑厚洪亮，与他庞大的身躯十分相称，听来很有戏剧性。正如俗话所说，听他讲话就像在看戏，而且还比大多数戏更精彩。

事情经过大概是这样的：一天，库特拉医生去塔拉瓦奥给一位上了年纪的女酋长看病。他绘声绘色地把那个胖老太婆描述了一番。他说她躺在一张巨大的床上抽烟，周围全是皮肤黝黑的仆人。看完病后，他被请到另一个房间，享用了一顿丰盛的晚餐，有生鱼片、炸香蕉、鸡肉，以及一些当地人晚餐餐桌上的经典菜式。正吃着，他看见一个眼泪汪汪的女孩被赶了出去。他本没在意，但出门准备乘车回家时，他又看见她在不远处站着。女孩忧伤地望着他，泪水不住地顺着脸颊往下淌。他问旁人那女孩怎么回事，得知她从山上跑下来，来请他给某个生病的白人看病。他们已经告诉她别去打扰医生。他把女孩叫过来，亲自问了她的来意。女孩告诉他，是以前在鲜花旅馆干过活的阿塔派她来的，还说红胡子生病了。女孩把一张揉得皱巴巴的报纸塞进他手中。他打开报纸，发现里面有张一百法郎的钞票。

"谁是红胡子？"他问旁边的一个人。

那人告诉他，红胡子是个英国画家，跟阿塔住在离这儿七英里的山谷里。听这描述，他知道他们说的是斯特里克兰。但那地方只能步行前往，他根本不可能去，所以他们才把那女孩赶走了。

"我承认，"医生转向我，"当时我犹豫了。我可不想在那么难走的山路上来回十四英里。而且，要是去了，当晚我肯定无法赶回帕皮提。再说，我对斯特里克兰也没什么好感。他只不过是个没用的无赖，宁愿跟一个当地女人同居，也不愿像我们一样工作养活自己。天哪，我当时怎么知道，有一天全世界都承认他是天才？我问女孩他是不是病得没法下山来见我，还问她认为斯特里克兰得了什么病。她答不上来。我追问了几句，或许带了点儿怒意，可她只是盯着地面，哭了起来。然后，我耸了耸肩。毕竟我是医生，出于职责也该走这一趟。于是，我火冒三丈地叫她在前面带路。"

汗流浃背、口干舌燥地抵达目的地后，医生的脾气当然没有变好。阿塔一直在眼巴巴地等他，还走出来一段，到路上迎接他。

"不管要给谁看病，先给我点儿水喝，真是渴死了，"他嚷道，"看在上帝的分儿上，给我个椰子。"

阿塔喊了一声，一个男孩跑了过来。他爬上一棵树，不一会儿就抛下一个成熟的椰子。阿塔在椰子上开了个洞，医生接过来，喝了一大口爽口的椰子汁，然后给自己卷了根烟，心情才好多了。

"好啦，红胡子在哪儿？"他问。

"在屋里画画。我已经告诉他您来了。进去看看他吧。"

"那他生的什么病？既然还能画画，他就能下山到塔拉瓦奥去，就省得我走这么多路了啊。我想，我的时间未必不如他的宝贵吧。"

阿塔没说话，却跟男孩一起随医生走进屋。带医生来的那个女孩这时坐在露台上。一个老太婆背靠着墙，躺在露台上卷当地人抽的烟。阿塔指了指门。医生想不通他们的举止为何如此奇怪，恼火地进了屋，看到斯特里克兰正在洗他的调色板。画架上有一幅画。斯特里克兰只围了条帕里欧，背对门站着。但听到靴子声，他转了过来，气愤地瞪了医生一眼。看到来人他很吃惊。他讨厌被打扰。医生却倒吸了一口凉气，目瞪口呆地立在当场。眼前的场景令他始料未及，惊恐万分。

"你怎么闯进来了，一点礼貌都没有，"斯特里克兰说，"有什么事吗？"

医生终于从震惊中恢复过来，但也花了好大力气，才能开口说话。他的怒气已经烟消云散，此刻只觉得——噢，对，我不能否认——他只感到无限同情。

"我是库特拉医生，去塔拉瓦奥给女酋长看病，阿塔派人请我来给你瞧瞧。"

"该死的蠢货。我就是最近身上有些地方疼，还有点儿发烧，但不是什么大毛病，会好起来的。下次有人去帕皮提时，我打算让他捎点儿奎宁。"

"你照照镜子吧。"

斯特里克兰瞥了他一眼，笑了笑，走向墙上那面廉价的木框镜。

"怎么了？"

"你没看出自己脸上的奇怪变化吗？没发现你的五官在变厚吗？看上去——我该怎么说呢？书上管这叫'狮子脸'。可怜的朋友，难道非要我告诉你，你得了一种可怕的病吗？"

"我？"

"看看镜中的自己，你已经可以看到麻风病的典型特征。"

"你在开玩笑吧。"斯特里克兰说。

"我也希望我是在开玩笑。"

"你是想说，我得了麻风病吗？"

"很遗憾，的确如此。"

库特拉医生曾宣判过很多人死刑。每次这么做，他都无法克服满心的恐惧。他总能感觉到，一个被宣判了死刑的病人势必会拿自己跟医生比较。看到医生身心健康，享有宝贵的生存特权，他们一定满心愤恨。斯特里克兰却只是默默地看着他。那张已经被可怕疾病损毁的脸，没有半分情绪。

"他们知道吗？"终于，他指着露台上那些人问。此刻，他们都一反常态，异常安静地坐在那儿。

"当地人非常清楚这些病症。"医生说，"他们不敢告诉你。"

斯特里克兰走到门口，朝外面瞅了瞅。他的脸一定可怕极了，因为外面那些人都突然大哭起来，哀痛万分。他们的哭声越来越大，泪水滚滚而下。盯着他们看了一会儿，他转身走回屋里。

"你觉得我还能活多久？"

"谁知道啊？有时，这种病能拖上二十年。如果发作得快，反倒幸运。"

斯特里克兰走到画架前，若有所思地看着上面的画。

"走了这么远的路，带来重要消息的人，不能空手而归。把这幅画拿走吧。虽然它现在对你来说什么也不是，但将来有一天，你会很高兴拥有它。"

库特拉医生拒绝了，说跑这趟不需要报酬。他已经把那一百法郎还给了阿塔，但斯特里克兰执意让他把画带走。然后，两人一同走上露台。那几个当地人还在痛哭流涕。

"别哭了，女人。擦干眼泪，"斯特里克兰对阿塔说，"没什么大不了的，我会尽快离开你。"

"他们不会把你带走吧？"她哭着说。

当时，岛上还没有严格的隔离制度。麻风病人如果愿意，是可以自由行动的。

"我会住到山里去。"斯特里克兰说。

阿塔站起身，面对他说："那几个人如果要走就走吧。我不会离开你。你是我男人，我是你女人。你要是离开我，我就在屋后的树上吊死。我对上帝发誓。"

她说得异常坚决，再也不是那个温顺柔弱的本地姑娘，而是一个坚定的女人。她已经不可思议地完全改变了。

"为何要留在我身边？你可以回帕皮提，很快就能再找一个白人。老太婆会继续给你看孩子，蒂阿瑞也会高兴你回去。"

"你是我男人，我是你女人。你去哪儿，我就去哪儿。"

刹那间，斯特里克兰坚强的意志似乎动摇了，两滴眼泪涌出眼眶，慢慢地顺着脸颊流下来。然后，他脸上又泛起惯有的嘲笑。

"女人真是奇怪的小兽，"他对库特拉医生说，"你可以像对待狗一样地对待她们，可以揍她们揍到双臂发疼，她们仍旧爱你。"他耸了耸肩，"当然，基督教认为女人也有灵魂，这简直是最荒谬的幻觉。"

"你在跟医生说什么？"阿塔疑惑地问，"你不会走吧？"

"你要是高兴，我就留下来，可怜的孩子。"

阿塔一下子跪倒在他面前，双臂紧紧搂住他的双腿，不住地亲吻着。

斯特里克兰看着库特拉医生，脸上带着一抹淡淡的微笑。

"到头来，她们还是会抓住你，怎么挣扎都无济于事。白人也好，棕色皮肤的人也好，全都一样。"

库特拉医生觉得，对于如此可怕的疾病，任何表示遗憾的话都很荒唐。他决定告辞。斯特里克兰让那个叫塔内的小男孩领他回村里。库特拉医生顿了顿，然后对我说："我不喜欢他。我已经跟你说过我对他没什么好感，但我慢慢朝山下的塔拉瓦奥走去时，却不由自主地对他那种坚韧的勇气产生了敬佩之情。这种勇气让他忍受或许是人类最可怕的疾病。跟塔内分手时，我告诉他我会送些药过去，或许能有所帮助。但我觉得，斯特里克兰多半不会吃。哪怕吃了，那些药也不会产生多大作用。我让男孩告诉阿塔，只要她派人来找，我一定会去。生活是艰难的，造物主有时就以折磨自己的儿女们为乐。我怀着沉重的心情，驱车回到帕皮提舒适的家。"

我们好一会儿都没说话。

"但阿塔没再请我去，"终于，医生继续道，"而我碰巧很长时间都没再去岛上的那片区域，所以也没有斯特里克兰的消息。有一两次，我听说阿塔来帕皮提买绘画用品，但我没碰到过她。大约过了两年，我才又去塔拉瓦奥，还是给那个女酋长看病。我问那儿的人斯特里克兰怎么样了。这时，他患了麻风病的事已经传遍全岛。那个名叫塔内的男孩率先离开了那所房子。没过多久，老太婆也带着她孙女走了。只剩下斯特里克兰、阿塔和孩子们。没人敢靠近那座种植园，你知道的，当地人非常害怕那种病。过去，患病的人一经发现，都会被杀死。但村里的男孩们爬上山去玩，有时能看到那个一把红胡子的白人在四处游荡，吓得拔腿就跑。有时，阿塔会在夜里下到村子中，叫醒杂货商，买各种生活必需品。她知道当地人看见她，跟看见斯特里克兰一样惊惧又嫌恶。所以，她总是躲着他们。有一次，几个女人壮起胆子，比平常更接近了一些他们的种植园，看见她在小溪里洗衣服，便捡起石头砸她。那件事之后，有人让杂货商转告她，她要是再用那条小溪，就找人烧掉她的房子。"

"畜生。"我说。

"别这么说，亲爱的先生，人都这样，恐惧让他们变得残酷……我决定去看看斯特里克兰。给女酋长看完病后，我想找个男孩带路，却没人愿意去。于是，我只得独自找过去。"

一走进种植园，库特拉医生立刻觉得心神不宁。尽管走得很热，他却打了个寒战。空气中有一股敌意，令他踟蹰不前。他觉得一种无形的力量挡住了前路，仿佛有看不见的手在把他往后拉。如今，没人再到这儿来摘椰子，椰子全掉到地上，烂掉了。四周一片荒凉。灌木疯长，仿佛这片辛苦劳作开垦出来的狭长地带，很快就要落回原始森林手中。医生觉得，这儿似乎就是痛苦逗留之地。他朝屋子走去，可怕的寂静令他胆战心惊。起初，他还以为此处已经被遗弃。然后，他看见了阿塔。她正蹲在那间充作厨房的小棚屋里，照看着锅里的一团东西。一个小男孩在她身边静静地玩泥巴。看见医生，阿塔没有露出笑容。

"我来看看斯特里克兰。"他说。

"我去告诉他。"

阿塔朝屋子走去，踏上通往露台的台阶，进了屋。库特拉医生跟在她身后，却顺从她的手势，等在门外。随着她打开门，他闻到一股难闻的甜香。麻风病人生活的地方，总有这种令人作呕的味道。他听见她开口说话，然后听见斯特里克兰在回应着什么，却已听不出他的声音。他的声音变得陌生而嘶哑。库特拉医生扬了扬眉，知道疾病已经感染声带。接着，阿塔走了出来。

"他不想见你。你走吧。"

库特拉医生坚持要看看病人，阿塔却不让他进去。耸耸肩，思考片刻后，库特拉医生转身离开。阿塔跟着他。他觉得，她也想巴不得快点摆脱他。

"真的没什么需要我帮忙的吗？"他问。

"你可以给他送点儿颜料来，"她说，"别的他什么都不想要。"

"他还能画画？"

"他正在墙上画。"

"可怜的孩子，这样的生活真可怕。"

这时，她终于露出笑容，眼里有种超越人性的爱。库特拉医生大吃一惊，有些诧异，继而又生出敬畏。他无话可说。

"他是我男人。"她说。

"你的另一个孩子呢？"医生问，"上次来，你还有两个孩子。"

"嗯，他死了。我们把他埋在芒果树下。"

阿塔陪他走了一小段儿路，便说她得回去了。库特拉医生猜测她不敢走远，是怕遇到村里的人。他又对她说，如果需要帮助，派人捎个话，他立刻就来。

56

　　又过了两年，也可能是三年。因为在塔希提，时间悄无声息地流逝，很难计数。然而，库特拉医生终究还是收到消息，得知斯特里克兰快死了。阿塔在路上拦了辆前往帕皮提的邮车，恳求驾车的那个男人马上去找医生。可消息送到时医生正好外出，直到傍晚他才知道这事。天色太晚，已经不能动身。因此，他是第二天黎明后才出发的。他先到塔拉瓦奥，然后步行七英里去阿塔家。那条路已经杂草蔓生，显然已经多年不曾有人走过，要找到都不太容易了。有时，他不得不跌跌撞撞地沿着河床往前走；有时，他又得挤过浓密多刺的灌木。他还常常被迫爬上岩石，以避开挂在头顶树枝上的蜂窝。四周万籁俱寂。

　　终于走到那座没有刷过漆的小屋，他如释重负地松了口气。如今，屋子已经破败不堪，又脏又乱。然而，此处同样安静得令人难以忍受。他朝前走去。有个小男孩原本漫不经心地在阳光下玩耍，见他走近，飞也似的跑开了。对他来说，陌生人就是敌人。库特拉医生能感觉到，那孩子正躲在一棵树后，偷偷打量他。门大开着。

他喊了一声，没人应答，于是跨前一步，敲了敲门。还是没人应答。他转动门把手，走了进去。一股恶臭袭来，令他极其难受。他用手帕捂住鼻子，强迫自己往里走。光线昏暗，从明媚的阳光下走进来，他一时间什么也看不清。然后，他吓了一跳，几乎搞不清自己身在何处，仿佛突然进入某个魔法世界，隐隐可见一大片原始森林和赤身裸体的人在树下走动。然而，他才发现那些原来是墙上的画。

"天哪，我不是被太阳晒晕了吧。"他喃喃道。

有什么东西微微一动，引起他的注意。他看到阿塔正躺在地上默默啜泣。

"阿塔，"他唤道，"阿塔。"

她没理他。强烈的恶臭几乎令他晕厥。他点燃一根方头雪茄。随着眼睛渐渐适应黑暗，他盯着墙上的画，心中突然涌起一股非常强烈的感觉。虽然对绘画一窍不通，墙上的画却似乎极大地触动了他。从地板到天花板，全都被一张奇异又精巧的画覆盖。那幅画的奇妙和神秘简直无法用言语形容。它令他屏住呼吸，让他心中充满一种既无法理解也无从分析的情感。他感到一阵敬畏和喜悦，就好似一个人看到世界之初的景象一般。这幅画无比宏大，充满肉欲和热情。但与此同时，它也蕴含着某种恐怖的东西，某种令他害怕的东西。绘者已经深入自然隐秘的深处，发现了美丽而恐怖的秘密，也洞悉了凡人无法知晓的神圣事物。画中有某种原始而可怕之物，那东西不属于人类。库特拉医生脑中隐隐联想起黑魔法。它既美丽又污秽。

"天哪，这是天才。"

他不由自主地脱口而出，甚至没意识到自己说出了这样一句话。

然后，他的目光落到屋角的草席上。他走过去，看到一具面目全非、阴森可怖的躯体——是斯特里克兰。他已经死了。库特拉医生鼓起勇气，俯身去看那饱受折磨的可怕尸体。然后，感觉到身后有人，他吓得跳了起来，心理惊惧不已。是阿塔。他没听见她起身。她站在他肘边，也看着那具尸体。

"天哪，我简直要魂不附体了，"他说，"你差点儿吓死我。"

原本鲜活的人，如今却成了一具躺在地上的可怜尸体。医生又看了一眼，吓得连连后退。

"可他瞎了。"

"嗯，瞎了快一年了。"

　　这时，出门访友的库特拉太太回来了，我们的谈话被打断。她就像艘船帆满张的船，精神抖擞地走了进来。这是个又高又胖的女人，胸大腰粗，却惊人地穿着紧身胸衣。她生了个巨大的鹰钩鼻，下巴上耷拉着三圈肥肉，腰板倒是挺得笔直。虽然热带气候总让人萎靡不振，她却不受任何影响，反而比别人更活跃、世故、果敢，完全不像生活在这种气候中的人。她显然很健谈，一进门就滔滔不绝地说起各种奇闻轶事，讨论这个、点评那个。我们刚才的谈话似乎都变得遥远而不真实了。

　　过了一会儿，库特拉医生转向我。

　　"斯特里克兰送我的那幅画仍挂在书房，要看看吗？"

　　"非常乐意。"

　　我们起身，他带我来到外面的环形露台。我们停下脚步，看着花园里漂亮的花儿。

　　"很长一段时间里，我都忘不了斯特里克兰画在墙上的那些非凡之作。"他若有所思地说。

我也正在想那幅画。在我看来，斯特里克兰终于在那幅画中完全展露出自己的内心世界。他知道那已是此生最后的机会，一直默默地作画。我想，他一定把对生活的全部理解和推测，都融入了那幅画。或许，他也终于在此找到了安宁。掌控着他的魔鬼终于被驱除。他痛苦的一生似乎都是在为此做准备，随着画作的完成，他那远离尘世、备受折磨的灵魂终于可以安息了。他愿意赴死，因为使命已经完成。

"那幅壁画的主题是什么？"我问。

"我也不太清楚。那幅画很怪异，也很奇特。画的是创世之初，亚当和夏娃之类的东西，我怎么知道？总之，那是一首对人体之美的赞歌，赞美男人和女人的身体，赞美崇高、冷漠、可爱又残忍的自然。它会让你对无垠的空间和无限的时间生出一种敬畏感。他画了很多树：椰子树、印度榕树、凤凰木、鳄梨树……我每天都能在周围看见这些树，却还是觉得画上的它们变得不一样了，仿佛有了灵魂和神秘之处。每次我觉得自己就要抓住那种灵魂和神秘时，它们就逃掉了。画上虽然都是我熟悉的色彩，但还是有所不同。那些色彩都有了属于自己的意味。而那些赤身裸体的男男女女，既有属于尘世的泥土气息，也有某种神性。看到那些赤裸之人身上最原始的本能，你会恐惧，因为你仿佛看见了自己。"

库特拉医生耸耸肩，笑了。

"你会笑话我的。我是个物质主义者，一个粗俗又肥胖的男人——跟福斯塔夫 ① 一样，对吧？抒情感性那套不适合我。我只会惹人笑话。然而，我真是没见过给我留下如此深刻印象的画。嗯，那种感觉就跟在罗马走进西斯廷教堂时一样。在那儿，我也被那个在穹顶上作画的人震撼了。那真是天才之作，气势磅礴，令人惊叹，让我感觉到了自身的微不足道。不过，对于米开朗基罗的伟大，人们还是有心理准备的。在一座远离文明社会、塔拉瓦奥上方群山环抱的当地小棚屋里看到那样的画，却大大出乎我的意料。米开朗基罗心智健全、身体健康，他那些伟大的作品自有一份崇高的宁静感。可在这儿，画虽然很美，却有某种令人苦恼的东西。我不知道那是什么。它让我不安，让我觉得旁边就有间空屋子。我知道那间屋子是空的，但不知为何，总惊恐地认为那里面有人。我咒骂自己，也清楚这只是自己的神经在作祟——可是，可是——要不了多久，我还是无法抗拒地陷入恐惧的掌控，在那无形之物的钳制下不可自拔。没错，我承认，听说那奇特的杰作被毁掉时，我并不觉得多么遗憾。"

"毁了？"我喊道。

"是啊，你不知道吗？"

"我怎么知道？我的确没听过这件作品，但也以为它或许落入了某个私人收藏家手里。即便现在，斯特里克兰的画也没有详细

---

① 译者注：莎士比亚笔下脍炙人口的喜剧人物，外形肥胖，生性贪婪怯懦，然喜发豪言或作机智妙语，先后出现于《亨利四世》上、下部及《温莎的风流娘们》等剧中，全名 Sir John Falstaff。

目录。"

"失明后，他就经常坐在画画的那两间屋子里，用瞎掉的眼睛看那些画，一看就是几个小时。或许，他那时看到的东西，比之前一生看到的更多。阿塔告诉我，他从不抱怨命运，从未失去勇气。直到最后一刻，他的心依旧祥和、宁静。但他让阿塔做出承诺，把他埋葬之后——我跟你说过吗，他的坟是我亲手挖的。因为没有一个当地人肯靠近那座被感染的房子。我们埋葬了他，就阿塔和我。把他缝在三张帕里欧里，埋在了那棵芒果树下——他让阿塔保证，之后就放火烧掉房子，并且要烧到一根木头都不剩，才能离开。"

因为思考，我好一会儿都没再说话。然后，我开口道："这么说，他到死都没变。"

"你明白？我必须告诉你，当时觉得自己有责任劝阻她。"

"甚至在你说了刚才那番话后吗？"

"嗯。因为我知道那是天才之作。而且，我并不认为我们有权将它抹杀。但阿塔不听我的。她已经做出承诺。我不愿留下来目睹那野蛮的行径，只是后来听说了她的做法。她把石蜡油倒在干燥的地板和露兜叶编制的垫子上，点燃了火。不一会儿，一切就烧完了，只剩一堆闷燃的灰烬。一幅伟大的杰作，从此不复存在。

"我想，斯特里克兰知道那是幅杰作。他已经得到他想要的东西，人生圆满。他创造了一个世界，看到了那个世界的美好。然后，他骄傲又轻蔑地把它毁掉了。"

走到从露台通向诊室的那扇门时，医生停住脚步，笑了。

"那是幅水果静物画。你或许会觉得医生的诊室里挂这样一幅画不合适，但我妻子不让我挂客厅，说它显得太淫秽。"

"水果静物画怎么会淫秽！"我惊呼出声。

我们走进屋子，我的目光立刻落到那幅画上。我看了很久。

画的是一堆水果：芒果、香蕉、橘子，还有些我也叫不出名字的水果。乍看之下，那是幅再纯洁不过的画，能获准摆到后印象派画展上。粗心的观者会觉得它哪怕算不上杰作，也是该流派里的优秀作品。但看过之后，他或许时不时就会想起这幅画。虽然他也不知道为什么，但我想，从此以后他再也无法将它忘掉。

那幅画的色彩很奇怪，几乎无法用言语形容它们激起的那种不安情绪。阴沉的蓝色虽然跟精心雕琢的天青石碗一样不透明，却又闪着光泽，让人想起神秘生命的悸动；紫色可怕得好似腐烂的生肉，却又带着一种炽热的肉欲激情，让人依稀想起黑利阿加巴卢斯统治下的罗马帝国；红色如冬青果般耀眼，让人想起英国的圣诞节、白雪、欢声笑语和快乐的孩子们。然而，它又在绘者施放的某种魔法下变得越来越柔和，最后呈现出如鸽子胸脯般令人迷醉的色泽。深黄在某种奇异的激情下尽褪，变成如春天般芬芳、如山涧中闪亮泉水般纯净的绿色。谁能说得清，怎样痛苦的想象，才能创造出这些水果？它们属于赫斯珀里得斯[①]某座波利尼西亚的花园，都蕴含着某种奇特的生机，仿佛早在万物都还没有固定形体的混沌年

---

① 译者注：为天后赫拉看守金苹果园的众仙女。

代，就被创造出来了。它们无比奢华，散发着浓浓的热带气息，似乎自有一种忧郁的激情。这是有魔力的水果，吃下它们，或许就能打开一扇门，窥探到只有上帝才知道的灵魂秘密，踏入想象力神秘的宫殿。这些并不鲜明的水果潜藏着无法预知的危险，人要是吃了它们，可能变成野兽，也可能变成神灵。所有健康自然的东西、一切紧紧依附于幸福关系和简单快乐的单纯之人，都会惊恐地退避三舍。然而，它们又拥有一种令人恐惧的吸引力，就像能分辨善恶的智慧果般，因为各种未知的可能性而显得可怕。

终于，我转身离开。我想，斯特里克兰已经将他的秘密带进了坟墓。

"喂，勒内，亲爱的，"外面传来库特拉夫人欢快的大喊声，"这么长时间了，你们都在干吗啊？开胃酒准备好了。问问那位先生，要不要来点儿金鸡纳杜本内酒。"

"好的，夫人。"我一边说，一边出门去了露台。

魔咒被打破了。

我离开塔希提的时候到了。根据岛上好客的习俗，凡是跟我有过来往的人都要送礼物——椰子树叶编的篮子、露兜树叶编的席子和扇子。蒂阿瑞送了我三颗小珍珠，还用她那双胖乎乎的手亲自做了三罐番石榴酱。从惠灵顿开往旧金山的邮轮已经在塔希提岛停了二十四小时。此刻，汽笛响起，提醒乘客们该登船了。蒂阿瑞将我紧紧搂入宽大的怀抱，我简直就像一下子沉入了波涛汹涌的大海。她将红唇印上我的唇，眼里闪着泪光。邮轮慢慢驶出环礁湖，小心翼翼地穿过珊瑚礁之间的通道，驶向广阔的大海时，我心中突然涌起一阵悲伤。空中仍溢满岛上的馨香。塔西提已经离我很远，我知道自己再也不会见到它。我生命中的一个篇章结束了，我离那不可避免的死亡又近了一步。

经过一个多月的航行，我回到了伦敦。处理完一些亟需解决的事后，想到斯特里克兰太太或许愿意听听丈夫最后几年的情况，我便给她写了信。上次见到她还是大战前，至今已经过了很长时间，所以只得从电话簿里找她的地址。她跟我约了个日子。那天，我去了她的新家——一座位于坎普登山的整洁小屋。如今，她已年近六旬，但并不显老，谁都不会觉得她有五十多岁了。她脸瘦，没多少皱纹，是那种优雅变老的面相，所以会让人觉得她年轻时肯定是个美人。她的头发也不是特别花白，梳得整整齐齐，一身黑裙非常时髦。我曾听说斯特里克兰太太的姐姐，也就是麦克安德鲁太太在丈夫死后几年也去世了，给她留下一笔钱。看这房子和给我开门的那位衣着整洁的女仆，可见那笔钱已经够这位寡妇过上舒适简朴的生活。

被领进客厅后，我发现斯特里克兰太太还有一位客人。知道这位客人的身份后，我猜女主人叫我这时候来，绝非没有目的。来客名叫凡·布舍·泰勒，是美国人。斯特里克兰太太一边带着歉意地冲他露出迷人微笑，一边跟我详细介绍他的情况。

"要知道，我们英国人真是无知得可怕。如果我不得不做出必要的解释，还恳请你原谅。"然后，她转向我，"凡·布舍·泰勒先生是美国著名评论家，你要是还没读过他的书，说明你受的教育还有所欠缺，得立刻补上这个可耻的缺陷。对于我亲爱的查理，他正在写一些跟他有关的东西，所以来问我是否能帮点儿忙。"

凡·布舍·泰勒非常瘦，顶着个骨头突出、油光闪亮的大秃头。圆圆的脑袋下，皱纹很深的黄脸显得特别小。他很安静，非常有礼貌，说话有新英格兰口音，举止带着种冷酷的淡漠。所以，我真奇怪他干吗要忙着研究查尔斯·斯特里克兰。斯特里克兰太太提起丈夫时的温柔口气，不禁让我觉得有些好笑。趁两人交谈之际，我打量了一下我们所坐的这个房间。莫里斯风格的墙纸和简洁的大花型瑰丽印花装饰布已经不见了，昔日阿什利花园客厅墙上的阿伦德尔装饰画也不见了。这间客厅一片古怪荒诞的绚丽色彩，我真好奇她是否知道：迫于时尚把屋子装扮得五彩斑斓，其实是因为南太平洋某个岛屿上一位可怜画家的梦想。她亲自告诉了我答案。

"这些靠垫真是漂亮。"凡·布舍·泰勒先生说。

"你喜欢？"她笑着应道，"是巴克斯特作品，你知道的。"

然而，墙上挂着几幅斯特里克兰代表作的彩色复制品。这还多亏了柏林的一个出版商。

"你在看我的画呀，"她说着，也顺着我的目光看了过来，"当然，我无法弄到他的原画，但有复制品也不错。是出版商亲自寄给我的。对我来说，这些画是莫大的安慰。"

"每天有这些画相伴，一定很愉快。"凡·布舍·泰勒先生说。

"嗯，它们极具装饰性。"

"我也坚信这点，"凡·布舍·泰勒先生说，"伟大的艺术永远富有装饰性。"

他们的目光落在一个正给婴儿喂奶的裸体女人身上。一个女孩跪在女人身边，举起一朵花递给那婴儿，婴儿却不感兴趣。一个满脸皱纹、皮包骨头的老太婆抬头望着他们。这是斯特里克兰画的《神圣家庭》。我怀疑，画中人物就坐在他那个位于塔拉瓦奥的家中，女人和婴儿就是阿塔和他的长子。我真想知道，斯特里克兰太太是否多少也知道一点儿事实。

谈话继续。任何可能引起尴尬的话题，哪怕只是最轻微的程度，凡·布舍·泰勒先生都完美回避，如此高超的谈话技巧真令我惊叹。斯特里克兰太太的狡黠也让我吃惊，她没说一句假话，却巧妙地让人觉得她跟丈夫的关系一直完美无瑕。终于，凡·布舍·泰勒先生起身告辞。他握住女主人的手，说了一通优美动听但未免过于矫情的感谢词，便离开了我们。

"希望他没让你生厌。"门在他身后关上，斯特里克兰太太说，"当然，这种事有时候很烦，但我觉得有人来打听查理的情况时，把知道的信息尽量告诉他们也是对的。作为一位天才的遗孀，这是我应尽的责任。"

她用那双讨人喜欢的眼睛看着我，眼里的坦率和同情一如二十年前。真不知道她是不是在耍我。

"你肯定已经放弃之前的生意了吧？"我问。

"噢，是的。"她快活地回答，"当年经营那个店也只是出于爱好，而非什么其他原因。孩子们劝我把它卖掉，他们觉得我负担太重了。"

看来，斯特里克兰太太已经忘了自己曾为了谋生，干过如此不体面的营生。跟所有好女人一样，她也本能地相信：靠别人养活才是真正体面的做法。

"他们现在都在，"她说，"我想，他们都愿意听你讲讲自己父亲的事。你还记得罗伯特，对吧？我要很高兴地告诉你，他已经获得十字勋章提名了。"

她走到门口招呼他们。一个身穿卡其布军装的高大青年走了进来。他围着牧师领，英俊魁梧，但那双坦率的眼睛还跟小时候一样。他妹妹也跟着走了进来。她的年纪跟她母亲与我初识时差不多。她长得像母亲，同样给人一种她小时候肯定比现在更漂亮的错觉。

"我想，你肯定一点儿都不记得他们了吧。"斯特里克兰夫人说着，骄傲地笑了，"我女儿现在是罗纳德森太太了。她丈夫是炮兵少校。"

"要知道，他是从一名优秀士兵升上去的，"罗纳德森太太快活地说，"所以现在才只是少校。"

我想起自己很久以前就预言她会嫁给一名军人。这是不可避免的。她具备当军人妻子的一切美德：彬彬有礼、和蔼可亲。但另一方面，她也几乎毫不掩饰内心的信念，认为自己是与众不同的人。罗伯特看起来也很愉快。

"真巧，你这次回来我正好在伦敦，"他说，"我只有三天假。"

"他就急着回去。"他母亲说。

"嗯，我倒不介意承认这点。在前线的日子真是太棒了。我交了很多好朋友，那简直是最棒的生活。当然，战争很可怕，与之相关的一切都很可怕。但不可否认，战争的确能激发出人类最优秀的品质。"

然后，我把在塔希提岛了解到的关于查尔斯·斯特里克兰的事告诉了他们。我觉得没必要说阿塔和她儿子的事，但其他事我都尽量详细地讲了一遍。说完他那令人惋惜的死亡后，我停了下来。有那么一两分钟，我们都没说话。然后，罗伯特·斯特里克兰划燃火柴，点着了一根烟。

"上帝的磨盘虽然转得慢，却磨得相当细。"他这话颇令人印象深刻。

斯特里克兰太太和罗纳德森太太都低下头。看她们那有几分虔诚的神情，我估计，她们肯定以为这话引自《圣经》。我甚至怀疑，罗伯特·斯特里克兰估计也有此错觉。不知为何，我突然想起阿塔为斯特里克兰生的那个儿子。有人告诉我，那是个性格开朗、无忧无虑的年轻人。我仿佛看见他在那艘纵帆船上干活，光着膀子，只穿了条粗蓝布工装裤。夜里，船在微风中轻快地航行，水手们聚在上层甲板上，船长和押运员悠闲地坐在帆布躺椅上抽烟斗。我看见他跟另一个小伙子跳舞，和着六角形手风琴好似喘气的乐声，疯狂地舞动着。头顶是蓝天和繁星，周围是苍茫孤寂的太平洋。

我想起《圣经》里的一句话，却及时住了嘴。因为，我知道牧师不喜欢俗人侵入他们的领地，这么做多少有几分亵渎之意。我叔叔亨利在惠特斯特布尔郊区当了二十七年牧师。遇到这种场合，他总会说："魔鬼为达目的，总会引用《圣经》。"他始终忘不了只花一先令，就能买到十三只上等牡蛎的日子。

毛姆作品年表

长篇、中篇小说

《兰贝斯的丽莎》（Liza of Lambeth）（1897）

《一个圣徒发迹的奥秘》（The Making of a Saint）（1898）

《英雄》（The Hero）（1901）

《克雷杜克夫人》（Mrs. Craddock）（1902）

《旋转木马》（The Merry-go-round）（1904）

《主教的围裙》（The Bishop's Apron）（1906）

《拓荒者》（The Explorer）（1907）

《魔术师》（The Magician）（1908）

《人性的枷锁》（Of Human Bondage）（1915）

《月亮与六便士》（The Moon and Sixpence）（1919）

《面纱》（The Painted Veil）（1925）

《寻欢作乐》（Cakes and Ale, or , The Skeleton in the Cupboard）（1930）

《偏僻的角落》（The Narrow Corner）（1932）

《剧院》（Theatre）（1937）

《圣诞假期》（Christmas Holiday）（1939）

《佛罗伦斯月光下》（Up at the Villa）（1941）

《黎明前的时分》（The Hour before the Dawn）（1942）

《刀锋》（The Razor's Edge）（1944）

《过去和现在》（Then and Now）（1946）

《卡塔丽娜》（Catalina : A Romance）（1948）

短篇小说集

《东向礼拜》（Orientations）（1899）

《调情》（Flirtation）（1906）

《颤动的叶子》（The Trembling of a Leaf）（1921）

《木麻黄树》（The Casuarina Tree）（1926）

《英国特工阿申登》（Ashenden : or the British Agent）（1928）

《第一人称单数》（First Person Singular）（1931）

《阿金》（Ah King）（1933）

《法庭》（The Judgment Seat）（1934）

《四海为家的人们》（Cosmopolitans）（1936）

《九月公主和夜莺》（Princess September and The Nightingale）（1939）

《原样配方》（The Mixture as Before）（1940）

《十二个太太》（The Round Dozen）（1940）

《不可征服的人》（The Unconquered）（1943）

《环境的产物》（Creatures of Circumstance）（1947）

《这里和那里》（Here and There）（1948）

戏剧作品

《佳偶天成》（Marriages Are Made in Heaven）（1896）

《赞巴小姐》（Mademoiselle Zampa）（1896）

《一个体面的男人》（A Man of Honour）（1898）

《油水》（Loaves and fishes）（1902）

《弗雷德里克夫人》（Lady Frederick）（1903）

《朵特夫人》（Mrs. Dot）（1904）

《杰克·斯特洛》（Jack Straw）（1907）

《佩涅罗珀》（Penelope）（1908）

《第十个人》（The Tenth Man）（1909）

《史密斯》（Smith）（1909）

《乡绅》（Landed Gentry）（1910）

《应许之地》（The Land of Promise）（1913）

《不可企求的人》（The Unattainable）（1915）

《比我们高贵的人们》（Our Betters）（1915）

《小屋之爱》（Love in the Cottage）（1917）

《凯撒之妻》（Caesar's Wife）（1918）

《周而复始》（The Circle）（1919）

《家庭和美人》（Home and Beauty）（1919）

《陌生人》（The Unknown）（1920）

《苏伊士之东》（East of Suez）（1922）

《骆驼背》（The Camel's Back）（1923）

《上坡路》（The Road Uphill）（1924）

《忠实的妻子》（The Constant Wife）（1926）

《信》（The Letter）（1927）

《圣火》（The Sacred Flame）（1928）

《养家糊口的人》（The Bread-winner）（1930）

《因为效了劳》（For Services Rendered）（1932）

《谢佩》（Sheppey）（1932）

游记作品

《圣洁的天国：安达卢西亚见闻和印象》（The Land of the Blessed Virgin：Sketches and Impressions in Andalusia）（1905）

《在中国屏风上》（On A Chinese Screen）（1922）

《客厅里的绅士：从仰光到海防旅途纪实》（The Gentleman in the Parlour：A Record of a Journey From Rangoon to Haiphong）（1930）

随笔集

《堂·弗尔南多》（Don Fernando）（1935）

《总结》（The Summing Up）（1938）

《战争中的法国》（France At War）（1940）

《书与你》（Books and You）（1940）

《纯属私事》（Strictly Personal）（1941）

《巨匠与杰作》（Great Novelists and Their Novels）（1948）

《作家笔记》（A Writer's Notebook）（1949 年）

《随性而至》（The Vagrant Mood）（1952）

《观点》（Points of Views）（1958）

《我的最爱》（Purely For My Pleasure）（1962）

图书在版编目（CIP）数据

月亮与六便士 : 插图珍藏版 / (英) 毛姆著 ; (美)
弗里德里克·多尔·斯蒂里 (Frederic Dorr Steele) 绘 ;
楼武挺译 . —— 南京 : 江苏凤凰文艺出版社 , 2022.8（2024.6 重印）
　　ISBN 978-7-5594-5992-3

　　Ⅰ . ①月… Ⅱ . ①毛… ②弗… ③楼… Ⅲ . ①长篇小
说 – 英国 – 现代 Ⅳ . ① I561.45

　　中国版本图书馆 CIP 数据核字 (2021) 第 103508 号

月亮与六便士（插图珍藏版）

［英］毛姆 著　　［美］弗里德里克·多尔·斯蒂里 绘　　楼武挺 译

责任编辑　　曹　波
特约编辑　　冯少伟
装帧设计　　墨白空间·黄海
出版发行　　江苏凤凰文艺出版社
　　　　　　南京市中央路 165 号，邮编：210009
网　　址　　http://www.jswenyi.com
印　　刷　　河北中科印刷科技发展有限公司
开　　本　　880 毫米 ×1230 毫米　1/32
印　　张　　9.5
字　　数　　250 千字
版　　次　　2022 年 8 月第 1 版
印　　次　　2024 年 6 月第 4 次印刷
书　　号　　ISBN 978-7-5594-5992-3
定　　价　　78.00 元

江苏凤凰文艺版图书凡印刷、装订错误，可向出版社调换，联系电话 025 – 83280257